目次

迷宮

迷　宮

清水義範

集英社文庫

一日目（犯罪記録）

自分のことを私と称することにする。おれや、ぼくには、年齢や性格や社会的な立場などの微妙なニュアンスがこめられている気がするから。最も無色に近い私という語を使うのが、私には妥当だろう。

私は堀内医師につれられて、入口のドアに実験治療室というプレートの出ている部屋に来た。そう大きい部屋ではないが、備品がほとんどなく、四角い大きなテーブルに面してスチール製の椅子《いす》が何脚か置いてあるだけなので、ガランとした印象だった。その部屋には窓がなかった。一方の壁に大きな鏡がかかっている。おそらくそれはマジック・ミラーで、そのむこうから室内が監視できるようになっているのだと思う。

その部屋の中には男が一人先に来ていて、スチールの椅子に腰かけていた。私と堀内医師が近づくとその男は立ちあがった。

堀内医師は男に軽く会釈をし、それから私のほうを見て言った。

「きみへの実験的な治療ということで、この人の指示に従ってもらいます。精神のねじれを解くために、文書を読んでもらったり、会話をしたりするわけです。実験的な治療と言っても乱暴なこと、危険なことをするわけではないから何も心配しなくていいです」

私には、病院が私にする治療をこばむ意思もこばむ理由もない。

「毎日一時間ぐらいずつ、一週間ほどこの治療を続けます。いいですね」

それだけ説明すると、堀内医師は部屋から出て行った。隣の部屋へ行き、マジック・ミラー越しに私を観察するのかもしれない。

「すわりましょう」

と、残った男が言った。堀内医師はその男の名前を紹介してくれなかった。

四十歳ぐらいだろうか。セーターの上にツイードのジャケットというラフな格好をしていて、あまり医者らしくは見えない。髪が、のばしているわけではなさそうなのに半端に長くて、かなり天然のウエーブがあった。

私はテーブルをはさんで男の正面に腰かけた。

男が、床に置いてあった黒い書類鞄《しょるいかばん》をテーブルの上にのせ、その中からとじた紙の束を出した。そうしておいてから、思い出したように言う。

「気分はどうです。頭痛がするようなことはありませんか」

「痛いところはありません。ちょっとぼんやりしていますが」

「なるほど。ぼんやりね」

男はのぞきこむように私の顔を見た。私のことをよく知っているような態度だった。

男のことは、仮に、治療師と称することにしよう。

「変なことはしませんから心配なく。ただ、いくつかの文章を読んでもらうだけです。まず一日目は、この文章から」

治療師は手に持っていた紙の束を私のほうにさし出した。

「読むだけでいいんですか」

「ええ。今日はまずそれを」

私は紙の束に目を落とした。それは、A4判の紙の束で、紙を横に使い、そこに縦書きで文字が並んでいた。右上隅がホチキスの針でとめられている。

文字は、ワープロで打ち出したものらしかった。ただし、プリント・アウトした原本ではなく、それのコピーのようである。文字のつぶれ具合がそんな感じだった。

でも、十分に読めるものだった。いちばん上の紙には、はじめに三行分とって題名らしいものが大きな字で書かれていた。

私はそれを読み始めた。私には通常の読み書き能力があり、文章の意味は曇りなく頭に入った。

一見今日的な犯罪

平成×年七月五日は、関東地方で異常なまでの蒸し暑さが記録された一日だった。前日まで続いていた長雨がやみ、強い陽ざしのもとで気温は三十二度まで上昇した。

しかし、カラリと梅雨《つゆ》明けしたわけではなく、湿度は七二パーセントもあり、ぐったりするような蒸し暑さに包まれたのだ。都内のデパートは軒並み冷房をフル稼動させた。

中野区本町《ほんちょう》四―×―×、スカイハウス二〇五に住む二十四歳のＯＬ、藤内《とうない》真奈美はその日午後二時、新宿小田急ハルク内にある喫茶室アミューズで、短大の時の同期生鹿石《しかいし》由美と会った。同年五月のゴールデン・ウイークに、短大時代の同期生四人で伊香保温泉へ行った時に撮った写真をもらうためであった。

鹿石由美によれば、旅の思い出を中心に、友人の噂話《うわさばなし》などとりとめのないことをしゃべりあっただけで、特に記憶に残るほどのことはなかったという。真奈美の様子に変ったところは見られなかった。

ただ、ほかの友だちも呼び出して夕食を共にしようかと誘う鹿石由美に、真奈美は、今日はちょっと都合が悪くてつきあえないのだと言った。

七月五日は土曜日であった。二週間ぶりに会社を休むことができたこの土曜日に、知人との約束を入れてしまったのだと真奈美は言った。

鹿石由美は、恋人と約束があるのだな、と思い、強く誘うことを遠慮した。由美は、真奈美につきあっている男性がいること、それが二十六歳のシステム・エンジニアであるらしいこと、は知っていたが、その相手に会ったことはなかった。女性同士の気配りで、その日はあえて詳しいことをきかず、四時頃に別れた。

藤内真奈美が勤務する会社は、ＴＯＫＯ事務機株式会社といい、事務用文具のメーカーであった。武上女子美術短期大学を卒業した二十歳《はたち》で入社して、商品開発部に勤務することと四年目、であった。

真奈美の実家は栃木県宇都宮《うつのみや》市《し》相生町《あいおいちょう》三―×にある、製麺《せいめん》業者だった。従業員数二十三名の昭和製麺という株式会社を、父の藤内数則《かずのり》が経営している。兄弟は二十七歳になる兄、俊一《しゅんいち》だけで、その兄は父の会社で専務として働いており、独身。

由美と別れたあと、真奈美はアパートに帰ったものと思われる。ただし、地下鉄丸ノ内線新中野の駅からアパートへ戻る道筋にある、スーパー・マーケット〝マルトモ〟へ立ち寄って買い物をしている。

買ったものは、焼き肉用上牛肉と、玉ねぎ、ピーマン、じゃが芋、焼き肉のたれ、イチゴ、ポテトチップス、のり、一味唐芥子《とうがらし》、グレープフルーツ・ジュース。

そのことは、真奈美の部屋に残されていたスーパーのビニール袋の中にレシートが入っており、確認された。また、牛肉や野菜などは冷蔵庫にしまわれていた。

真奈美はその日の夕食として、自宅で焼き肉をして食べようと思っていたのだ。そのことは、卓上コンロと鉄板が台所の流し台の上に出してあったことからもうかがえる。

誰かを招待していたと考えるのが妥当なところであろう。牛肉は女性が一人で食べるにしてはは多すぎると思われる約四〇〇グラムもあったし、冷蔵庫の中にはビールが四本冷えていた。親しい友人から夕食を誘われていながら、一人で四〇〇グラムの牛肉を焼いて食べるために帰宅する若い女性というのはあまりいないであろう。

藤内真奈美はその夕刻、誰かをアパートに招待し、いっしょに食事をとろうとしていたのだ。

その、招待を受けていた人物のことはすぐに判明した。

荒川区東尾久《ひがしおぐ》三―×―×、松ガ根ハイム四〇七に住む、池部勲治《いけべくんじ》、二十六歳である。本人がそう証言をしているのだ。

その日午後六時ぐらいに、藤内真奈美のアパートを訪ねる約束をしていたのだと。

ここからは池部勲治の証言だが、交際が始まって間もなく丸一年になる二人は、夏に思い出のサイパンへ旅行しようという計画を立てていた。そのサイパン旅行のことを相談するために、その日真奈美の部屋で会うことにしたのだ。

池部勲治はその土曜日、会社を休むことができず、顧客のところへパソコン・ソフトを納入し、使用法をレクチャーする仕事が入っていた。しかしそれも夕刻には終るであろうから、六時頃には訪ねて行けると、約束していたのだ。夕食をいっしょに食べましょう、ということも決めてあった。

ところが、出先で仕事中の池部勲治のところへ、携帯電話で連絡が入り、別の顧客のパソコン使用上のトラブルの解決のために、急遽《きゅうきょ》そっちへ回らなければならなくなった。彼の勤めるアイテック株式会社からパソコン・システムを大々的に導入してくれている重要顧客であったし、システム全体が働かないという大きなトラブルだったため、週明けまで待たせておくわけにはいかなかったのだ。

池部勲治は立川市《たちかわし》にあるその顧客のほうに回った。

そして、午後五時四十五分頃、藤内真奈美のところに電話を入れた。しかし、何度呼び出し音がしても真奈美は出なかった。

呼び出しコールはした、ということである。つまり、真奈美の部屋にある電話には、留守番機能もついていたのだが、そうはなっていなかった。呼び出せども誰も出ず、ということだった。

六時十五分頃にも、池部勲治は真奈美のところへ電話した。またしても誰も出なかった。やむなく彼は、九時過ぎまで、顧客の会社でパソコンのトラブルを解消することに専念した。

それが終って、九時十分頃にもう一度電話をかける。状況は同じだった。

何かあったのかな、とは思ったそうである。

こっちが約束をすっぽかしたので、怒って出かけてしまったのだろうか、と。それとも、怪我《けが》でもして病院に入っているのだろうか、とまで思った。

そこで池部勲治は、真奈美のアパートであるスカイハウスを訪ねた。着いたのは十時二十分頃のことだった。

スカイハウスは木造モルタル造り二階建てのアパートで、各階に四室ずつ部屋があるが、二階にあがる階段は二つあった。一号室、二号室用の階段と、三号室、五号室用の階段だ。四号室という縁起の悪い数を嫌う古い大家であるらしかった。

そのスカイハウスの、二〇五号室を池部勲治は訪ねたが、ドア・チャイムに応答はなかった。ドアには鍵《かぎ》がかかっており、室内に明かりはついていなかったのだ。まだ、女の住む部屋の合鍵をもらうほどには、親密なつきあいではなかった。

出かけているのだろう、と池部勲治は思った。こっちが約束を破ったので怒って出かけたのか、それとも思いがけず断れない筋からの誘いが入ってしまったのか、とにかく真奈美はこのアパートにはいないのだ、と判断した。

部屋の中に明かりがなく、ドアには鍵がかかっており、ドア・チャイムに応答がなかったからである。

それ以上のことは何も想像しませんでした、というのが池部勲治の証言である。この部屋には誰もいない、という感じだったんです。夕食をいっしょにする約束をしていたのに留守なのはおかしい、と思わないではなかったけれど、こっちが先に約束を破ったんだから、真奈美が怒って勝手にどこかへ出かけても仕方がないことだ、とばかり思いました。

ドア・ノブをがちゃがちゃと回してみて、どうしても開かぬとわかって、池部勲治はあきらめた。ドアの前にいた時間は三分間ほど。そこを去って、彼は荒川区東尾久の自分のアパートに戻った。

翌七月六日、池部勲治は午前九時半頃、真奈美の部屋に電話をかけた。例によって呼び出しコールが続くばかりで、応答はなし。

ここで、なぜ留守番電話になっていないのだろう、という疑問がふと生じる。これまで、真奈美に電話をかけて留守だったことは何度もあるのだが、その場合は留守番電話になっていたのだ。

留守にする用ができたのだが、その時に電話を留守番状態にセットしておく余裕もないほどにあわてて出なければならなかったということなのか、と池部勲治は考えた。実家で親か兄弟が何か事故に巻きこまれて大怪我をした、というような場合には、電話を留守番状態にするのも忘れてすぐ駆けつけるものかもしれない。そんな想像までした。

午後一時に、もう一度電話をかけ、まだ同じ状況であると知って、池部勲治はもう一度真奈美のアパートを訪ねてみることにした。そうせずにはいられないほどに心配になったのである。

まだ留守中だったら、ドアの郵便受けにメモをはさんでおこう、と彼は考えた。このメモを見たらこちらの携帯電話に連絡を入れてくれ、と書くのだ。前夜は、そのことに考えが回らなかった。

一時五十分頃、スカイハウスに着いた。

二〇五号室には、前夜と同様に鍵がかかっていた。ドア・チャイムにも反応なし。池部勲治は、こんにちは、と声を出し、ドアを叩《たた》くこともしてみた。たとえば真奈美が泥酔して眠っている、というような可能性もなくはないと思ったのだ。

だが、反応は何もなし。部屋の中は静まり返っていた。

メモを書き、ドアの郵便受けのところに上半分が見えるようにはさむ。真奈美が今は新聞をとっていないことは知っていた。

そして、帰ろうとした。そうするしかなかったからである。

その時、池部勲治は何気なく下を見た。ドアの前のコンクリート床に、一個が五百円玉くらいの、茶色い染みが、点々とついているのが目に入った。前夜は暗くて見過ごしたものだった。

染みは、ドアのすぐ前に四つ。そのうちの二つは、閉まったドアに半分隠されていた。ドアから五〇センチほど離れたところにひとつ。そこから更に二〇センチ進んだところにひとつ。そして、コンクリートの階段を三段降りたところにもひとつあった。

その染みは後に念入りに調査され、そのほかにも八か所ほど、いちばん遠いものはスカイハウスから二〇メートル離れた路上からも発見されるのだが、その時池部勲治が見つけたのはそれだけだった。

彼はかがみこんで、その茶色い染みを見た。黒褐色で、ねばりのある液体が乾いて固まったもののように見えた。これは血痕《けっこん》ではないのか、と彼は思った。

池部勲治は、もう一度ドアを叩き、今度は真奈美の名を呼んだ。反応はなし。三分間ほど考えてから、真奈美の部屋のすぐ下、一〇五号室を訪ねた。しかしその時、その部屋の住人である相沢陽子《あいざわようこ》、三十四歳は外出中であった。

下の部屋に住んでいる人に、このアパートの大家はどこに住んでいるのかをきこうと思ったのだと、池部は証言している。アパートの大家ならば合鍵を持っているだろうから、それを借りて部屋に入ってみようとしたのだ。

そこまで思いつめた理由について、池部勲治はずっと後にこう語っている。

「その染みが、血痕なんじゃないかと思ったとたんに、すごく胸がドキドキして、よく言ういやな予感ってやつに襲われたんです。真奈美の身に何か悪いことがおこったんじゃないかって、吐き気がするくらい心配になって。それと、そう思いながら、思い出したことがあったんです。真奈美が、変な奴《やつ》につきまとわれているって言ったことがあったのを。ちょっとだけ知ってる男から、何度もしつこく電話がかかってきたり、尾行されたりしてるんだって。ストーカーってやつじゃないのか、注意しろよ、なんて話したこともあったんです。そのことを思い出したらものすごく心配になってきて、どうしても部屋の中を確かめないではいられなくなったんです」

階下の住人が留守だったので、池部勲治は携帯電話で一一〇番通報をした。急速に不安が大きくなっていたためである。

約十分後にパトカーが来て、二人の警官が事情をきいた。ドアの前の血痕らしきものが確認されたあと、警官はアパートの二〇三号室の住人、桜井彩子《あやこ》、二十九歳を訪ね、大家と、仲介不動産業者について尋ねる。その結果、確実なほうをとり、不動産業、サンマート株式会社に連絡をとり、社員が約十五分後に車で駆けつけた。

合鍵で、藤内真奈美の住む部屋のドアが開けられ、警官二人に続いて池部勲治も中に入った。

靴脱ぎのスペースと、奥の畳の部屋に続くフローリング部分には、更に大量の血痕があった。奥の六畳間のほぼ中央に、掛蒲団《かけぶとん》が一枚何かをおおうようにかけてあった。押入れのふすまは開いたままである。

池部勲治の証言。

「部屋に入ったとたんに、本当に何かひどいことがおこったんだ、と直感しました。つまり、そういう感じだったんです。部屋の真ん中に蒲団が一枚だけ出ているのも異様だったし、押入れの開き方や、ライティング・デスクが少し斜めになっていることや、その上の鏡が倒れてたことや、そういうことすべてがちょっとずつまともじゃなかったです。争ったあと、というやつですね。めちゃめちゃに荒らされてたってわけではないけど、でも確実に、誰かが必死で暴れたっていう様子でした。それと、部屋に入ったとたんに、臭《にお》いがしたんです。前日が、すごく蒸し暑い日でしたからね。その暑さの中で、血が蒸されていくような、いやな臭いです。それと小便が混ざったような臭い。変な言い方だけど、死の臭いっていう感じかな。それがわっと襲いかかってきて、もう手遅れなんだ、と思いました」

警官が掛蒲団をめくってみて、その下の藤内真奈美の死体を発見した。

死体の下半身には着衣がなかった。スカートとパンティストッキングとショーツは、死体のすぐ横にまるめてあった。そしてその下半身は血まみれだった。すぐには、何がどうなっているのか見きわめられなかったが、死体の股間《こかん》のあたりが血で赤黒く染めあげられていた。

警官は池部勲治に、死体はこの部屋の住人に間違いないね、ということをきいた。彼が、そうだと答えると、部屋の外へ出るように言った。

「死んでいるから、と言ったような気がするけど、違うかもしれません。頭がボーッとして、何も考えられなかったんです。悲しいとかいうのとも違って、ただ、体がガタガタ震えて、なんか、吐きそうな気分でした。死体の下腹部をよく見たわけじゃないんですが、なんとなく異常さを感じ取ってたんですね」

警官は所属する中野警察署に連絡を入れ、ほどなく、多数の捜査員がやって来た。

池部勲治のほうはそれとは別に警察署に同行を求められ、そこで事情聴取をされた。

死体は警察病院に運ばれ、司法解剖される。

その結果明らかになったことは次の通り。

藤内真奈美の死因は、手で首をしめられたことによるもの。首に、指の形に鬱血《うっけつ》のあとがあり、その大きさから、犯人は成人の男性であると考えられる。

真奈美の、右手の甲と、左足首とに、擦過傷あり。首をしめられた時に暴れて、ライティング・デスクなどにぶつけた傷と思われる。

そして、下半身。真奈美の性器の部分が、鋭利なナイフらしきものでえぐり出すように切り取られていた。室内、及び部屋の前にまでしたたっていた血はほとんどその傷のためのものである。切り取られた性器部分は、その室内にはなかった。つまり犯人が持ち去ったものと思われ、そのために部屋の外にまで血痕があったのである。

室内に、凶器のナイフは発見されなかった。

真奈美の体を隠すようにかけてあった掛蒲団には、血のついた手で摑《つか》んだためと思われる手形が不完全な形にではあるがついていた。その手形からも、犯人は成人男性であると思われる。

後に、鹿石由美が警察で証言をし、午後二時十分頃に真奈美がコーヒーを飲み、チーズケーキを食べたことが判明する。そこから検死官は、殺害の時間を、七月五日の午後五時から午後六時の間と割り出した。

これまた後に、真奈美の階下の部屋の住人相沢陽子は、七月五日の午後五時半頃、真奈美の部屋から悲鳴らしき声がした、と証言した。

夕食の仕度をしていると、上の部屋でドスンドスンと暴れるような足音がし、キーッ、という女性の悲鳴のような声がしたというのだ。何事かとは思ったが、その声が一度きりであったこと、すぐに足音のほうもしなくなったことから、大事あるまいと判断したのだそうである。ゴキブリが出てきただけだって女性はあんな声を出しますから、と相沢陽子は言った。

その日、午後八時まで池部勲治は中野警察署で事情聴取を受けた。

後にそのことを回想しての証言。

「なんとなく、おれが疑われているような雰囲気があって、冗談じゃないぞ、って気がしました。本当はおれだってものすごいショックを受けてるわけですよ。死体を見た時には、ただなんか頭をガーンとなぐられたみたいになって、おこったことが理解できないような、ただ胸苦しいような気分だったけど、いろいろ警察で話しているうちにだんだん事実が頭の中ではっきりしてくるわけです。真奈美が死んだんだ、殺されたんだ、って。一年近く恋人同士としてつきあった相手が死んだんですからね。なんとも言えない息づまるような悲しみが、こみあげてきますよ。今思い出そうとしても、あの時の気分ははっきりとは思い出せないくらいです。そのくらい変だったんです。そしてそれに加えて、その時のおれにはものすごく重苦しい不安が、どうしても捨てきれず浮かんでくるわけです。つまり、おれが約束をすっぽかして夕方に真奈美を訪ねなかったから、それで彼女は殺されたんじゃないだろうかという思いです。おれが約束通りにちゃんと訪ねてればそんなことにはならなかったんじゃないかって、頭の中にその思いが渦巻いてるわけです。すごく苦しかったですね。なのに一方では、きみはなぜ今日あの部屋を訪ねたのだ、とか、きのうも訪ねたのか、それは何時頃だ、とか、警察がきくわけですよ。最近喧嘩《けんか》をしていたんじゃないか、とかね。どうもおれを疑ってる感じなんですね。それがすごく腹立たしかったです」

夕刻、警察署に、宇都宮から、藤内真奈美の両親が到着。連絡を受けて両親と兄の三人で、まず警察病院の霊安室のほうに駆けつけたのであった。そして、兄の俊一だけをそこに残して、両親が警察署に回ったものである。

この時、真奈美の両親までもが第一発見者であるおれのことを疑惑の目で見るような気がして、やな気分でした、というのが池部勲治の談である。

「それから、新聞記者が何人ぐらいだろう、来てましたね。いつ頃からいたのかよく覚えていませんが。被害者の写真を持っていませんかと、誰かが言ったことだけはくっきりと覚えています。すごく腹が立ちました。こんな時に手柄を立てようとしていやがる、というふうに思えたんです。ほかのことはあまり覚えていないんだけど、その腹立ちだけはくっきりと覚えています」

真奈美の勤務する会社、ＴＯＫＯ事務機株式会社の、真奈美の上司、所《ところ》真一郎の自宅にも連絡が入れられた。日曜日で自宅にいた所は、連絡を受けてすぐ警察病院に直行。そこで真奈美の兄の俊一から事情をきいた。それから二人は、葬儀社の人間と葬儀の打ち合わせをした。

陽もとっぷりと落ちた頃、池部勲治に対して、ようやく真奈美につきまとっていたストーカーのことがきかれた。彼は知る限りのことを答えた。彼が知っていることはそう多くはなかったが。

半年ほど前から、藤内真奈美のところに無言電話がかかってくるようになっていた。ほとんど毎晩、夜の十一時をまわった頃に、何も言わない電話がかかってくるのだ。出て応答しても、むこうでは息をひそめているような気配。もしもしと呼びかけるが、何も言わない。気味が悪くて叩きつけるようにして電話を切る。胸がドキドキし、一人で暮していることがたまらなく不安になる。

無言電話は、一日に一回だけであった。

それを切ったあと、また同じことがおこるのではないかとビクビクしてつい待ち受けるような気持になるのだが、続けてもう一度かかってくることはなかった。一度だけ、続けてすぐ電話がかかってきたことがあり、とびあがるほど驚いたが、それは別の友人からの電話だった。

しかし、一日に一回だけとはいうものの、ほとんど毎日だというのは神経にこたえる。真奈美は電話の呼び出し音に怯《おび》えるようになっていった。

そこで、真奈美は十一時すぎてからかかってくる電話には出ないことにしようとした。

「しかしそれは不可能だと言いました。出るまで、十度でも二十度でもコールが続くんだそうで、その音で精神がズタズタにやられてしまうんだって」

耐えきれず電話に出て、相手が無言だとわかるとすぐに切る、ということが続いた。

「だから、おれが言ったんですよ。夜の間、ずっと留守番電話にしときゃいいじゃないかって。あれって、メッセージを吹きこむ人の声がきこえるんだから、その声で相手が家族だとか友だちだとかわかってから、あわてて出れば話はできるんだぞ、って」

真奈美はそのやり方を採用した。

留守番電話になっているとわかった時、メッセージを吹きこまずにすぐに切ってしまう人というのは案外多い。だから、何人かの友人からの電話が不通になってしまう、という問題点はあったが、そのやり方で無言電話をシャットアウトすることはできた。

いつも十一時を少しまわった頃、その電話はかかってくる。こちらからの応答メッセージが流れ、ご用の方は用件を録音して下さい、と言っているとカチャリと切れる。いつものあの、無言の主だ、と直感的にわかって、背筋が寒くなるような気がした、と真奈美が言っていたと、池部勲治の証言である。

しかし、その方法で無言電話をシャットアウトしていて一週間後、夜、九時半頃に電話のコール音がした。真奈美は十一時に留守番モードにセットするようにしていたので、その電話には出た。もしもし、藤内ですけど、と応答する。

すると、相手は無言だった。いつもの相手だと、直感でわかった。ずっと留守番電話になっているので、試しに時間を変えてかけてきたのだ。ほとんど泣き出しそうになって、真奈美は電話を切った。

それ以来、真奈美の電話はほとんど四六時中留守電状態になった。親しい友人や、恋人の池部勲治には、簡単に事情を話し、ゆっくりとメッセージを吹きこんでくれと頼んでおくのだ。在宅の場合にはそれから出るので、と言っておく。

無言電話らしきものは、そうしている間もほぼ毎日、十一時すぎにかかってきていた。しかし、出ないのだから直接的な被害を受けることはなかった。

ところが、今年の五月のこと。真奈美が宇都宮の実家に帰りそこで一泊し、本当に留守にしたことがあった。翌日アパートに戻ると、留守番モードになっている電話に、メッセージ録音があることを示す赤ランプがついていた。

録音を再生しようとしてみると、テープは一分以上もかけて、長々と巻き戻された。マイクロ・カセットテープ一巻分、三十分にもわたって、無音のメッセージが吹きこまれていたのだ。

よくきいてみると、完全な無音ではなかった。かすかにだが、何者かの呼吸の音がしているのだ。息を吸い、それから吐く音。耳をすませば確かにそれがきこえた。そして、もうひとつ別の音が、時々遠くのほうから入ってくる。女性の、苦しみにあえぐような声。受話器からかなり離れたところにいる女性が、耐えきれずうめいているような声が、断続的に続いた。息をひそめて集中しなければきこえないようなかすかなものであったが。

その声が、ある時かなりくっきりときこえた。

アウッ、と思わずもれ出たようなうめき声。その声には、わざとらしい媚《こ》びの調子があった。

真奈美はその声の意味を悟った。それは性交をしている女性のあえぎの声だった。

ゾッとして、再生を中止しようかと思ったが、真奈美はこらえて、テープを最後まできいたそうだ。どこかで電話のむこうの男が何かしゃべるかもしれない、と思ったからである。何か意味のあることを言うのならば、こわいけどきかずにはいられない。

きいていくうちに、感じ取れたことがあった。音は二種類あり、その二つは直接にはかかわっていないような様子だと。

ひとつは、受話器を耳にあてているらしいおそらく男の、やや荒い息づかいの音。もうひとつは、それとは別に受話器から離れたところでの、女の官能的なうめき声。どうもそれはアダルト・ビデオの中の声のようだった。

その声がだんだん激しくなり、まぎれもなく性交中の女性の嬌声《きょうせい》だとわかってきたあたりで、テープが終了して録音は終った。

「どうしてだかうまくは言えないんだけど、心の底からこわさがこみあげてきたって彼女、言ってました。確かに、三十分も続くそういうテープって、病的でゾッとしますよね。だからとうとうあいつ、電話番号を変えたんです」

五月の下旬に藤内真奈美はアパートの電話番号を変更した。そのせいで、問題の無言電話はかかってこなくなった。

ところで、池部勲治が真奈美からきかされている話によれば、彼女は無言電話の主に心当たりがあったらしい。

絶対にそうだとは言いきれないけど、あの人じゃないかと思うのよ、という言い方で、真奈美は自分の疑惑を語っていた。

去年の十二月、会社の二年先輩の女性（確か、ツユキさん、という名の女性だったと池部勲治は記憶していた）に誘われて、カラオケ・コンパのような会合へついていったのだそうだ。そこには、どういうつながりがあるのかよくわからない、女性四名、男性四名が集まった。おそらく、男の中のリーダー格と、ツユキさんとが、大学時代の同期生だったのだろう、と真奈美は想像している。それぞれが、仲間や後輩を呼び、年頃の男女の出会いのチャンスのようなものを演出したわけだ。

「盛りあがらない、つまらないコンパだったって言ってました。まあ、おれにはそう言ったたけかもわからないですけどね。でも、盛りあがらないなりにも、その場だけ誰か特定の男とカップリングされたみたいになっちゃうことはありますよね。そんな感じになったそうです。まだ大学生のお兄ちゃんと、カラオケでデュエット曲歌わされたりして、なんとなくあれこれ会話をしたそうです」

池部勲治はその大学生の名を真奈美からきいていなかった。彼がその大学生の名を知るのは、事件から六日後、警察からきかされてのことである。

その大学生は、そのコンパで藤内真奈美と気が合うという感触を得たのかもしれない。その一週間後に、真奈美のところに電話をかけてきた。電話番号は、コンパの時に真奈美が問われるままに教えてしまっていたのだ。

「初めての電話の時に失敗しちゃった、と言ってました。誰からの電話なのかわかって、そう邪険にするのも悪いかなという気がして、つい親しげに話を合わせちゃったんだそうです。十五分くらいしゃべっちゃって、それが失敗だったなあと、何度も言ってました」

その一週間後に、クリスマス・パーティーの誘いでまた電話があった。真奈美は相手にお門違いな思いこみがあることを感じ取り、丁重にだがきっぱりと断った。そうしなければ誤解されたままに事が進み、面倒なことになると思ったのだ。クリスマスをいっしょにすごす恋人がいるのだ、ということまでほのめかした。

年が明けて一月の中頃、またしてもその大学生から電話がかかってきた。人気バンドのコンサートへ行かないか、きみのためのチケットも買ってある、という誘いだった。もう一度、真奈美はきっぱりと断った。当方の都合もきかずチケットを買われるのは迷惑である、と言い、もう誘いの電話をかけてこないでほしい、とはっきり明言した。

「そしたら、もうそいつからは電話がかかってこなくなったけど、無言電話が始まったわけです。だから真奈美は、あいつがその電話の主だと、直感したわけです」

池部勲治は真奈美からきかされていたその話を、警察で証言した。そして更に、五月頃から真奈美が誰かにつきまとわれていたらしいことも。

日曜日に近所へ買い物に出たりした時など、誰かに見られ、尾行されているような気がして気味が悪い。

というのが、真奈美の訴えだった。尾行者を確実に見つけたとか、その者に声をかけられた、とかいうことはない。

「女の勘でわかるんだ、と言ってました。見られてる、つけられているって、ひしひしと感じるんだって。時にはアパートのドアの郵便受けに入っている手紙に、誰かがさわったような感じがあったとか。おれは半信半疑でしたね。ちょっと神経が過敏になってるんじゃないのか、とか思いましたよ。無言電話のこととかがあるから。でも、あとで考えてみれば、真奈美の勘は正しかったんですね」

それらのことを警察で証言した後、池部勲治は帰宅を許された。

七月八日、真奈美の葬儀が、中野区野方《のがた》の総量寺でとり行われ、池部勲治も参列した。真奈美の勤務先、TOKO事務機からも多数が出席し、ある者は式の進行の手伝いをした。

参列者の中の一人、露木《つゆき》道子、二十六歳が中野警察署に呼ばれて事情聴取されたのは、七月九日のことである。

その前に、七月七日、真奈美と露木道子の上司、所真一郎が警察に事情聴取をされていた。所は部下である女性社員たちの私生活についてはほとんど何も知らなかったが、藤内真奈美と露木道子が時には勤務時間後もつきあう程度に親しくしていたことは知っていたので、警察にそう証言した。

それを受けての、露木道子への事情聴取だった。

警察側は、単刀直入に問題のカラオケ・コンパのことを質問した。

あなたは去年の十二月に、知人を何人も集めてカラオケをしながら親睦《しんぼく》を深める集いを企画しましたね。その会合に同僚の藤内真奈美も誘いましたね。そこに出席したメンバーをすべて知っていますか。その中に、その日藤内真奈美と特に親しげにしていた人物はいませんでしたか。

露木道子はそのコンパのことを覚えていた。そこに藤内真奈美を誘ったことも、もちろん覚えていた。

しかし、真奈美と親しげにしていた人物については記憶があいまいだった。

「そういうことがあったのかどうか、よく覚えていません。確か、宇野さんの後輩の大学生が来ていたと思うんですけど、その子と真奈美ちゃん、デュエット曲を歌っていたかなあ」

宇野充雄《みつお》という電器店勤務の二十六歳の男が、露木道子と、茶道教室を同じくすることから知りあい、友人関係にあったのだ。真奈美はその二人を大学の同期生かと思っていたのだが、それは間違いであった。茶道教室仲間の二人がその会合をプランし、男たちのほうは宇野の線から集められていた。

大学生の名が尋ねられたが、露木道子はかろうじて姓のほうを覚えていただけだった。

井口《いぐち》くん、といったと思います。

その井口という大学生が、その後藤内真奈美のところへ誘いの電話をかけていたことを知っていますか。

露木道子は何も知らなかった。クリスマスやコンサートへの誘いの電話のことも、その後の無言電話のことも、尾行されていたかもしれないことも。

つまり、藤内真奈美はそのことを、先輩社員である露木道子には相談していなかったのだ。先輩につれられて行った会合のせいで、変な男につきまとわれて困っています、と苦情を持ちこむことを遠慮したようなのである。

会社内での人間関係をこじらせたくなかったためかもしれない。うかうかと電話番号を教えてしまった自分が愚かなのであって、ひとのせいにすることはできない、むしろ恥ずかしくてひとに知られたくないことだ、などと思っていたのかもしれない。

とにかく、露木道子は藤内真奈美が無言電話に悩まされていたことを知らなかった。警察から教えられて初めて知ったのであり、知って、事の重大さを認識して顔を青ざめさせた。

自分はその井口という大学生について、あのコンパの時に一度見たことがあるきりで何も知らない、と露木道子は証言した。なんだか内気そうな、印象の暗い子だと感じただけであると。

露木道子は警察から電話をかけ、電器店従業員の宇野充雄からその大学生のことをきいた。その時点でわかったことはそんなに多くはなかった。

井口克巳《かつみ》、という二十二歳の大学生である。

宇野が出たのと同じ海南経済大学に籍を置くが、二浪して入学した上に、留年もしているらしいので何年生なのか正確には不明。

板橋区志村で、歯科医をしている親の家に同居しているときいている。

宇野と井口との結びつきは、井口が、宇野が在学中に作ったアイドル研究会という同好会の後輩メンバーであるということ。井口の企画したミニコミ誌に宇野が原稿を書いたこともある、という仲であった。

翌日には、警察官二名が電器店で勤務中の宇野充雄を訪ね、事情聴取した。

宇野は井口克巳のことを、そんなに親しい男ではなく、つきあいはあまりない、と証言した。どことなくマニアックなところがあり、その点で面白い奴かな、と思っていた程度だというのだ。

カラオケ・コンパの話を進めていた時、男のほうの人数が一人足りないのでどうしようかと考え、思い出して声をかけてみたところ、喜んで参加したのだそうである。

宇野の言によれば、ちょっとネクラなおたくっぽい兄ちゃんだから、近頃の女性にはウケないタイプだぞと思い、だからこそそういう人間が一人混じっているのも面白いかなと考えたのだそうである。

そしてもちろん宇野も、そのコンパ以後、藤内真奈美の身におこったことについては何ひとつ知らなかった。井口克巳とも、その日以来一度も会っていないそうである。

警察としては、電話番号がわかり、在籍する大学もわかったのだから、井口克巳についてのデータをほぼ入手することができた。

現住所——東京都板橋区志村一—×—×

父——井口隆吾《りゅうご》、五十二歳。自宅の近く、志村坂上に井口歯科医院を開業している。

母——井口里枝《さとえ》、五十二歳。専業主婦。

弟——井口冬樹《ふゆき》、十七歳。都立柏崎《かしわざき》高校二年生。

井口克巳が、あえて言えば海南経済大学の一年生であることも判明した。より正確に言えば、長期欠席学生だったのだ。二浪の後に入学したが、その年の十月頃からあまり大学に来なくなり、留年扱いになったままだったのだ。

七月十一日、警察官三名が板橋区志村の井口隆吾宅に克巳を訪ねた。父親の隆吾は医院のほうへ行っていて不在。克巳と母の里枝は在宅した。

井口克巳は、藤内真奈美のことを知っていると証言した。また、真奈美が殺害された事件のことも新聞で読んで知っていたと。ただし、そう親しくしていたわけではないので葬儀には出なかったと。

カラオケ・コンパの日のことが尋ねられた。

そこへ呼ばれた事情、そこで真奈美とデュエット曲を歌ったことなどは、他の証言と合致した。

そのコンパのあと、個人的に誘いの電話をかけなかったですか、と問われて井口克巳は、なぜ知っているのだろうと驚いたような顔をしながらも、かけたことを認めた。

十二月中にまず一度。それからしばらくして、クリスマスをいっしょにすごしませんかと誘い、一月五日に、年賀の挨拶《あいさつ》の電話をかけ、一月十五日頃に、コンサートへ誘う電話をかけた。

藤内真奈美が池部勲治に話していたのは三度の電話についてだったが、井口克巳の証言では四度電話をかけていたようである。

誘いはすべて断られました。と井口克巳は淡々と証言した。

最初の夜に、ちょっといいムードのような気がしたので、むこうも気があるのかなと思って誘ったんですが、それは結局ぼくの思い違いだったんです、と言った。つまり、フラれたわけです。四度目でさすがにそのことに気がつき、あきらめました。

それ以後、電話はかけませんでしたか。

問われて井口克巳は、一度もかけていません、と答えた。

無言電話のことがきかれた。まったく知らないことだという答。

今年に入って藤内真奈美を見かけたことは一度もないんですか。ない。

七月五日のアリバイが確認された。

井口克巳は、その日の午後、板橋本町《ほんちょう》へ出てパチンコをしていたと証言。ただし、早々に負けたので、午後四時には帰宅し、以後は自分の部屋に閉じこもってテレビを視ていたそうである。

別の部屋で、母の里枝にも克巳のアリバイが確認された。里枝は克巳と一致する、どこかへ出ていたが四時頃には帰ってきて、あとは自室でぶらぶらしていた、という証言をした。

別の警察官二名は、井口歯科医院を訪ね、井口隆吾に話をきいた。息子さんは大学へほとんど顔を出していないようですが、と言われて井口隆吾は、我が子のことを、あいつは人生の敗者なのだ、と言った。

二浪までしたのにろくな大学に入れず、そこへ通うことさえ続かなかったというクズである。我が子かと思えば情けない。もうどうにでもなれという気がして、期待するのはやめた。母親が甘やかして何でも好き勝手にさせたのが間違いだったのかもしれない。

息子の七月五日の行動については、気にかけていないから知らない、という答であった。もうあいつのことは見ても見ず、考えないようにしているのです、と。

この日、井口克巳の指紋がとられた。協力を要請して、本人承諾の上で採取されたのである。克巳は淡々とそれに応じた。

七月十二日、事件から一週間後の土曜日、板橋区志村の喫茶店で、警察官二名により、克巳の弟、井口冬樹への事情聴取がされた。

そこで、冬樹はいくつかの注目すべき証言をした。

兄の克巳が、以前祖母が住んでいた自宅内のはなれの間に一人で閉じこもるように住んでおり、中で何をしているのかは家族もほとんど知らないということ。ほとんど毎日そこでぶらぶらしており、日曜日になると、自宅に父親がいるせいか、よく出かけた。

七月五日の兄の行動については、自分はクラブ活動で七時頃まで学校にいたので知らない。

兄はアーミー・ナイフを持っているはずである。

冬樹はそういう証言を、やや青ざめた顔でした。そして最後に、苦しげな口調でこう言った。

「兄貴、どこかおかしくなっちゃってると思います。昔の兄貴とは別人みたいなんです。一種の病気なんです、きっと」

その日の夕刻、指紋照合の結果が出た。

スカイハウス二〇五号室のドア・ノブから採取された指紋のひとつと、井口克巳のものが一致したのだ。

七月十四日、捜査令状が発行され、井口克巳の住む部屋が捜索された。本人と母が立ちあった。

部屋の中は足の踏み場もないほどにちらかっていた。蒲団が敷きっぱなしで、その周囲に食べ物や、マンガ週刊誌がちらばっている。

本棚に、四十巻あまりのビデオ・テープがあり、そのほとんどが非合法猥褻《わいせつ》ビデオ、いわゆる裏ビデオであった。

机の抽出《ひきだ》しから、アーミー・ナイフが発見され押収された。

ビデオ・デッキが収納されているガラス戸つきテレビ台の中に、本人のものではないと思われる鍵がしまってあった。これも押収された。

ちらかった六畳間の中に、冷蔵庫があった。生前に祖母が使っていたものだという。捜査員がその扉を開けると、克巳は激しく動揺した。

冷蔵庫の中まで調べることはないだろう、と大声で叫び、止めに入ろうとしたのだ。取りおさえ、冷蔵庫の中が調べられた。

二ドア式の冷蔵庫の、冷凍室の中に、アイスクリームの一リットル入りカップが入っていた。ふたをとってみると、ほとんど食べてなく、ほぼいっぱいにアイスクリームがつまっているように見えた。

しかしその時、捜査員は白いアイスクリームの表面に、数本の黒い糸のようなものがこびりついているのを見つけた。よく観察してみると、こびりついているのではなく、アイスクリームの中に包まれている糸がそこだけ露出しているという様子だった。

それにさわるな、と井口克巳は叫んだ。

捜査員は、その黒い糸のようなものが、陰毛であることに気がついた。

この時点で、井口克巳の身柄は警察によって拘束された。

アイスクリームの容器は警察病院へ運ばれ、検死官の手で、クリームの中からそれが取り出された。

藤内真奈美の性器の部分であった。

井口克巳は七月十五日、藤内真奈美殺害容疑で逮捕された。

井口克巳逮捕の二か月後、池部勲治は次のように心境を語った。

「まるっきり、交通事故みたいなものですよね。真奈美のほうには何の責任もなかったんだから。ただ、ある会合で会った男に、軽い気持で電話番号を教えただけですよ。そいつが頭のおかしな人間だなんて、考えやしませんものね。ところがそいつは、人生の敗残者で、コンプレックスの塊《かたまり》で、エロ・ビデオを視ては変態的な欲望を刺激していた、異常人間だったわけですよ。無言電話をかけ、ストーカーとしてつけまわすようになり、どんどんエスカレートしてあんなことになっちゃったんです」

七月五日の午後五時半頃、井口克巳は藤内真奈美のアパートを訪ねた。その二か月ほど前から、日曜日になると捜しあてたそのアパートの周辺をうろつき、外出する真奈美を尾行していたのである。

部屋を訪ねられ、真奈美がどういう対応をしたのかは、克巳の供述が混乱しているためよくわからない。

　とにかく克巳は、真奈美の首を両手でしめて殺害。それから、下半身の衣服を脱がせ、アーミー・ナイフで性器の部分をえぐるように切り取る。

　性器部分を、持参のビニール袋に入れ、革製のショルダーバッグにしまう。それから、押入れを開け、掛蒲団を出して死体の上にかける。

　下駄箱の上に、真奈美の部屋のドアの鍵が置いてあった。池部勲治によれば、鍵がそこに置かれることはしばしばあったようである。

　その鍵を使い、克巳はドアをロックし、殺害現場を離れる。約五〇メートルほど歩いてから、自分の両手が血で赤く染まっていることに気がつき、ハンカチを出してぬぐった。その後、地下鉄新中野駅でトイレに入り手を洗った。はいていたジーンズにも血痕はあったが、そう目立つものではなかった。

　七時半頃に自宅に戻り、それからアイスクリームを買いに出、同日深夜、性器部分の肉《にっ》塊《かい》をアイスクリームの中に埋めこむ。

　事件のことが報道されてからは、いずれ警察が事情聴取に来るかもしれないと考え、七月五日には四時頃帰宅し、以後家にいたと偽りの証言をしてくれと母に頼んだ。

　母の里枝は、不安にかられながらもそれを承諾し、夫にも次男にも何も言えずにいた。逆らうと暴れることのあった克巳の言いなりになるしかなかったのだという。

井口克巳が、アイスクリームづけにした真奈美の性器をどう扱っていたのかは、今現在まだわかっていない。それに関するまともな供述をしていないからである。

週刊誌の中には、克巳がその一部を食べたと報じたものもあるが、その形跡は見られないというのが事実である。

また、別の報道の中には、克巳が収集していた裏ビデオと、猟奇的な犯行とを結びつけて論じるものもあったが、それら裏ビデオは克巳が大阪の通販業者から買ったもので、作品はいわゆる正常な性行為を描写したものばかりであり、猟奇的題材のものはなかった。

警察では、この事件における犯罪性を立件するために、銘和大学病院精神科に、井口克巳の精神鑑定を依頼。事件当時の井口克巳が正常な責任能力を持っていたことを立証しようとしている。

ただし、今現在その鑑定結果はまだ出されていない。

そういう文章を読み終え、私は頭をあげて治療師の顔を見た。治療師は何か言いたそうな顔で私をじっと見つめながら、意識的に無言でいる感じだった。

「読みました」

と私は言った。

治療師はどう言ったものか考えるような顔をしてから、こう言った。

「書いてあることの意味はわかりますね」

「ええ」

「それは、ある犯罪の記録です。読んでみて、あなたはその犯罪のことを知っていましたか」

意味のない質問だと、私は思った。

「いいえ。何も知りません。これは、本当にあったことなんですか」

「現実にあった事件です。平成何年のことだったのか、というのと、関係者の住所の一部は伏せてありますが、それはプライバシー保護のためです。そこに書かれている殺人事件は、ほぼその通りに現実にあったものです」

「血みどろの感じがして、いやな事件ですよね」

「世間でも大きな話題になった事件でした」

「そうですか」

私にはほかに言うことがなかった。

治療師は私の顔を黙って見続けた。私が何か重要なことを言うのを待っているとでもいうふうに。

だが私は黙ったままだった。すると治療師は言った。

「今日はここまでにしておきましょう。あわてずに、じっくりとやっていけばいいんですから」

一日目の特別治療はそれで終りだった。

二日目（週刊誌報道）

二日目も、私は堀内医師に伴われて実験治療室へ行った。そこには、きのうと同じ治療師がいた。着ているセーターはきのうとは別のものになっていたが、その上のジャケットは同じだった。

この日も、堀内医師はすぐに席を外した。私と治療師だけが、机をはさんで向かいあう。

「気分はどうですか」

治療師はそう言ったが、医者が同じことを言うのとはどこか雰囲気が違っていた。単に会話のきっかけとしてそう言うだけのような感じだった。

「まあ、普通です」

「普通ね。気分が悪いわけではない」

「はい」

「きのう、あれからどうでした」

私には質問の意味がわからず、返答のしようがなかった。すると治療師が言った。

「きのう、ある犯罪についての記録文を読んでもらいましたね。それは覚えていますか」

「もちろんです」

「あれから、あの事件のことを考えたりしましたか」

「いいえ、考えません」

「あまり関心がわきませんでしたか。つまり、自分とは無関係なことだから」

　面倒だったが、私は自分の精神状態を説明した。

「何に関心があるとか、興味をひかれるとかいうことが、自分でもよくわからないんです。自分のことがよくわかってないので、どういうことが自分にとって重要なのかもわからないし」

「そうですか。別にあせることはないので、思いのままにしていればいいんですが」

　治療師は私の顔から目をそらさず、何かを探るような表情をした。その表情が、なんとなく気の重みになった。

「今日も、読んでもらいたいものがあります。ただ読むだけでいいんですが」

　そう言いながら鞄《かばん》の中から紙の束を出した。きのう読まされたのと同じくらいの厚さであった。

　こんなことが治療になるんだろうか、という思いを抱《いだ》きながらも、私はその紙の束を治療師から受け取った。見てみると、きのうの文書とは形式がまるで別のものだった。B4判の紙一枚に、週刊誌の見開き二ページ分がコピーされたものの束だったのだ。ホチキスでとめられたものが三通あった。三週分の、週刊誌記事の写しである。

　その三通の最初の見出しの脇に、どんな週刊誌の、何月何日号であるという書きこみがしてあった。
私はそれを読んだ。

（『週刊文殊』平成×年八月十二日号より）

笑った顔を見せたことのない追跡者《ストーカー》

〔第一弾〕女性器切除殺人犯を育てた

冷えきった家庭

by本誌特捜班

世間をあっと言わせ、若い女性たちを恐怖に震えあがらせた性器切除ストーカーの正体は、近所の住人さえ驚いた目立たなくおとなしい不登校学生だった。どこにでもいそうな、ちょっと落ちこぼれで、やや根暗な青年が、半年以上にわたって一人の女性をつけまわし、ついには猟奇殺人に及んだ原因はいったい何なのか。調べていくうちに見えてきたものは、表面的な平穏からは想像もつかないほどに冷えきった、ある家族の悲劇的な歴史だった。愛への渇望が青年をそこまでの異常へと導いていたのだ。

その死体を発見した警察官は、一目見て異常性欲者による猟奇殺人だな、と直感したという。事務用文具メーカーに勤めるＯＬの藤内真奈美さん（24）はマンションの自室で、裸の下半身一帯が血まみれ、という状況で発見されたのだ。

死体発見の直接のきっかけは、真奈美さんと交際中の恋人、池田勝男氏（26）（仮名）が、会う約束をすっぽかされ、電話も通じないことを不審に思って警察に通報したことである。

「彼女の部屋の前に、血痕《けっこん》が二、三滴あったんです。それを見て、何かがあったのではと不安になり、警察へ報《しら》せました」（同氏）

駆けつけた警察官はマンションを管理する不動産業者を呼んで合鍵《あいかぎ》でロックを外し、中に入ってみた。死体には蒲団《ふとん》がかぶせてあったというが、それをとってみるとそこは血の海だったのである。

検死の結果、真奈美さんの性器の部分が鋭い刃物でえぐり取るように切除されていることが判明した。まず先に手で首をしめて殺害し、その直後に性器を切り取ったものと見られる。

「性的猟奇犯罪で、性器を切断する、それを持ち去る、というケースがまれにですがあります。有名な阿部定事件もその一例です。ただし、女性の犯人が男性器を切断するのはそれを相手の人間性そのもののシンボルと見て、所有したいという思いからするのに対して、男性の犯人が女性器を切除したり、傷つけたりするのは、強い支配欲や、憎しみの情からであることが多いようです」（犯罪心理学者の奥山啓一郎氏の談）

平凡な一OLだった真奈美さんが、いったい誰に、そんなにまで憎まれなければならなかったのかは、大きな謎《なぞ》だった。恋人の池田氏とは仲よく交際が続いていたのだし、会社でも真面目《まじめ》で有能なOLとして周りから信頼されていたのである。

栃木県宇都宮市で製麵《せいめん》会社を経営する真奈美さんの父親（59）はこう言っている。

「小さい時から周りにいる人のことまでよく気をまわしてみんなが楽しくなるようにと心がける子で、ひとに恨まれるようなことは絶対になかったと思うよ。優しい子だったんだから。恋人がいるということだって、まだ紹介はされていなかったが、それとなく話はきかされていた。親に隠しごとをするような子じゃあなかったんだ。だから突然にこんなことになって、まだ信じられんという気がしているんだ。今にもあの子が何事もなく帰ってくるんじゃないかという気がしている。こういうことになってみると、結局はあの子を東京に出して一人暮しをさせたのがいけなかったのかと思ってしまうよ。都会のおそろしさを、素直なあの子は知らないままに、こんなことになってしまったのかと思うんだ」

その、都会のおそろしさは、想像もしない角度から真奈美さんに襲いかかっていたのである。

真奈美さんの身に最近何かおかしなことがふりかかっていたという様子はなかったのかと警察に問われて、恋人の池田氏は彼女が不安がっていたことを思い出した。

無言電話がひんぱんにかかってきたそうで、たまらず電話番号を変えたということ。

そしてもうひとつ、街に出ると誰かにつけまわされているような気がするのだと、真奈美さんは言っていた。

池田氏としては半信半疑というところだったのだが、事件がおこってしまった以上、やはりそれは本当だったのか、と考えざるをえなかった。

つまり、真奈美さんは近頃話題の新しいタイプの性犯罪者である、ストーカーにつけ狙《ねら》われていたと考えられるのだ。

警察の捜査はその方面にしぼられた。

ストーカーとの偶然の出会い

「私が企画したパーティーが、結局は真奈美さんをあんなめにあわせたのかと思うと、その責任感に押しつぶされそうになります。あの時に彼女は異常としか言えないあの殺人鬼に会ったのですから。もちろん私にもあの時がその男を見た初めての場で、そんな人間だなんてまったく知らなかったんですけど。でも、あのパーティーに彼か、彼女かどちらかを呼びさえしなければ、真奈美さんが殺されることはなかったんです」

と、苦しい胸の内を語ってくれたのは、真奈美さんの会社の同僚の土屋一子さん(26)(仮名)である。

昨年の十二月に、土屋さんが幹事の一人となって催されたカラオケ・コンパに、独身の男女十名ほどが集まり、その中に会社で土屋さんの後輩だった真奈美さんも参加した。そしてそのメンバーの中に、井口克巳容疑者(22)もいたのである。

「みんなで知人を誘いあって集まるというやり方だったので、その人がどういう人かなんて知らなかったんです。男の人のうちの誰かの学校の後輩とかだったと思います。幹事だった私ですら、あの日集まったうちで半分は初対面の人だったくらいです」(土屋さん)

若い独身の男女の出会いをとりもつコンパだったわけだ。珍しいことではなく、今も昔も多くの男女がそういう機会に出会っている。

ところが、そこで真奈美さんが出会ってしまった井口克巳はとんでもない人間だったのである。

「井口は、その中で歳も一番若かったからかもしれないけど、あんまり話もしなくて暗い印象でした。ぶすっと黙っていて、楽しいのか楽しくないのかわからないような感じでしたね。それで、みんなに気配りしちゃう性格の真奈美さんが、いっしょにデュエット曲を歌ってあげたりして、なんとなく相手になってやったんです。あとから考えてみると、それがいけなかったんですよね」とは、コンパに参加した別の同僚の坂本みどりさん（26）（仮名）の話。

そういう暗い印象の大学生が、誰に対しても優しくふるまう真奈美さんに夢中になってしまうのに時間はかからなかった。しかし、デートに誘ってみても、ほかに恋人のいる真奈美さんが応じるはずはない。

「二、三回、そいつから電話がかかってきたことはきいてました。むこうに誤解があるようで困ったと言ってましたよ。つまり、気があると思われたってことですね。でも、三度目だかにきっぱりと断って、もう電話はかかってこなくなったそうです」

池田氏はそう証言してくれたが、真奈美さんのことを多く語るのはつらい、という様子で、それ以上のことは教えてくれなかった。

一目惚《ひとめぼ》れをし、片思いだと気がつくまで何度もアプローチし、やがてそれに気づいた井口克巳は、そのあたりから異常な行動に走っていったのだ。

まずは、無言電話をかける。一日に何十回も電話をかけ、問われても応答せず、じっと相手の様子をうかがうのだ。

今年の五月、真奈美さんはマンションの電話番号を変えている。そうせずにはいられないほどに、無言電話が執拗《しつよう》だったのであろう。

そして、無言電話の次は尾行へと、異常な行動はエスカレートする。

「ストーカーが、相手の行動のすべてを掌握していたいと、四六時中監視したり、つけまわしたりするのは、異常なまでに強い支配欲からのことです。そして、ストーカーは初めに、二人は愛しあっているんだという強い思いこみを持ってしまっていますから、迷惑だとか、やめてくれということを言われても、思春期の子供が母親のことをうっとうしがっても、結局はその愛を求めているんだ、というのと同じように感じていることが多い。本当は私のことを求めているくせに、という考え方をするわけです」(前出の奥山啓一郎氏)

井口克巳がまさにそういう、思いこみ型のストーカーであった。どんなに、もうかまわないでくれ、と言っても、本当は私のことが必要なくせにと都合よく考え、つけまわすこと自体を楽しむようになっていくのだ。

つけまわされる真奈美さんにしてみれば悪夢のような日々であった。

ジーンズに精液がつけられていて

街を歩いていて、ふと、誰かの視線を感じることがある。自分は誰かに見られている、見張られているという感覚だ。なんとなく気味の悪いことである。

真奈美さんは常にそんな気分で生活しなければならなくなった。

日曜日に、デパートへ行くとする。買い物を終えて帰宅したとたんに、電話がかかってくる。そして受話器をとると、「今日買ったブラウスはよく似合うと思うよ」という男の声がしたら、どんな人でもゾッとするであろう。

真奈美さんが味わった恐怖はそういうものであった。常に、どこへ行っても何者かの目に見張られているのである。

あまり事件前のことを語りたくないという恋人の池田氏が、ひとつだけ記者に話してくれたのは、手紙の盗み読みについてだった。

「郵便受けに入っている封書が、変にシワになっているって言うんです。のりづけはしてあるんだけど、そのあたりが一度湿って、それから乾いたというように見えるって。蒸気をあてて一度開封して、中味を読まれているんじゃないかって、すごく心配してました。その手紙自体は読まれてもどうってことない昔の友だちからのクリスマス・カードだったそうだけど」

しかし、自分あての手紙が途中で誰かに読まれているというのは気味の悪いことである。見えない力に支配され、監理されているような恐怖がそこにはある。

真奈美さんの住むマンションの階下の住人合田洋子さん（34）（仮名）は、こんな注目すべき証言をしてくれた。

「六月頃のことですが、日曜日の夕方、洗濯物を取りこんでいたら、上のベランダから、あっ、という声がしたので、どうかしたの、と声をかけたんです。そうしたら真奈美さんが、干してあったジーンズがロープから落ちて汚れてしまっていると、ショックを受けた顔つきで言いました。それで、ピンときたんです。私が一階で、真奈美さんが二階。女の一人暮しですから、下着泥棒に狙われやすいわけです。だから私も真奈美さんも、下着を外に干したりはしていません。それはみんな室内に干すわけです。でも、ジーンズなんかは乾きにくいし、外へ干しますよね。そうすると、それでもいいからっていたずらする奴《やつ》がいるんですよね。ジーンズが汚されてたと真奈美さんがショックを受けていたのは、精液がつけられていたんだと思います。あれはそういう顔つきでした」

それが事実だとしたら、そしてその犯人も井口克巳だったとしたら、彼の異常さはどんどん歯止めを失っていっていた、ということである。

初対面の席でちょっと親切にされただけで恋仲だと思いこみ、無言電話をかけ、つけまわし、一方的に空想の中だけでどんどん関係を強固なものにしていったのだ。そしてその空想は、ゆがんだ性の欲望と結びついていた。

そして七月五日、その欲望はついに戦慄《せんりつ》の惨劇にたどりついてしまったのだ。

その日の夕刻、外出から戻った真奈美さんのところへ、井口克巳が訪れた。ストーカーがついに実体を現したのである。

警察の発表でも今現在よくわかっていないことが多いのだが、とにかく犯人は、必死で逃げようとする真奈美さんをまず扼殺《やくさつ》したらしい。今のところ、性的暴行を加えた形跡は見つかっていない。

まず首をしめて殺し、それから下半身の着衣をとり、用意していた刃物で性器部分を切り取り、死体に蒲団をかけた上で、性器を持って自宅へ戻ったのである。誰にも目撃されずに犯人はその凶行をやり終えた。

エリート一家の不登校学生だった

この事件が、井口克巳容疑者の逮捕によってひとまず結着し、そのことが大々的に報じられた時、世間を震えあがらせたのは、真奈美さんの体の一部がどのように保管されていたか、という事実であった。

それは、一リットル入りのアイスクリームのカップ型容器の中に埋めこまれ、冷凍室に保管してあったのだ。犯人の異常性をこれ以上如実に物語るものはないであろう。甘いアイスクリームと死体の一部との取り合わせは世の若い女性を恐怖におののかせずにはおかなかった。ストーカー事件が近年多く報告されるようになってきたとは言うものの、ここまで猟奇的な事件は我が国の犯罪史上、初のものだったのである。

その、前代未聞の凶行に及んだ井口克巳はどんな男だったのだろう。

「あんまり覚えてないですね。一年生の、夏休み明けくらいまで大学に来ていたとは思うんだけど、ひととわーっとしゃべってつきあうってことがあまりなくて、いつも一人でいたんじゃないかな。どっちかと言えばおとなしくて、目立たない奴でしたよ」

同じ海南経済大学の同期生はかろうじてそんな証言をしてくれた。

井口克巳は、友だちもいないような、目立たない、地味な学生だったのだ。いや、実は学生であることさえも、まともに続けられなかった。

二年間の浪人生活の後、同大学に入学はしたものの、学校へ通ったのは昨年の十月くらいまでだったようなのだ。後期日程の試験も受けることなく一年が終了し、自動的に留年扱いとなっていた。

「大学を続ける気はあるのだが、健康上の問題でしばらく通学がむずかしい、というのが問い合わせに対する回答だったので、留年ということにしました。でも、その回答をしたのは父兄かもしれません。そこまでは判断しかねるわけです」というのが、同大学の学生課の見解である。

中肉中背で、これといって目立ったところもない学生は、こうして不登校状態にあった。

板橋区内で歯科医院を開業する父（52）はそんな息子のことを、見放していたのだろうか。我々の取材には応じてくれなかったが、近所の住人の話では、親子の対話はほとんどないように見うけられたという。

専業主婦の母（52）もまた、克巳にはうちとけて話のできる相手ではなかったようである。もともと無口なほうだったが、大学へ行かなくなった頃からは、家人とほとんど没コミュニケーションになってしまったらしい。

克巳の弟で、高校二年生の直樹くん（17）（仮名）は慎重に言葉を選びながら、本誌記者にこう証言してくれた。

「浪人生活をしている頃から、兄貴は何か心の病気にかかっていったような気がします。家の、はなれの間が兄貴の部屋なんですが、ほとんど一日中そこに閉じこもりきりなんです。家族でもその部屋には入れないってふうで、何をしているのかわかりません。でも、そういうのってある種の鬱病《うつびょう》みたいなものだと思うんです。大学に入ってからも、ますます家で口をきかなくなっていったし」

受験の失敗がその原因だろうか、と言う記者に、直樹くんはこう答えた。

「それは、あるのかもしれません。父としては兄貴に、歯学部に入ってもらってあとを継がせたかったようですが、それはうまくいかなかったわけだから。そのことで兄貴が精神的にクサっていたというのは、あると思います。でも、単純にそれが原因でやけになってたとか判断しちゃうのも違うっていう気がするんです。やっぱり、何か病気にかかっていたんだとしか思えません」

父は歯科医であり、弟の在籍する高校だって有名進学校である。そういうエリート一家の長男の心に、どんな病気が忍び寄っていたというのであろう。

抜き難い父親へのコンプレックス

「患者に対してはは、普通によくしてくれる先生ですよ。技工の腕がいいんで、ここで造ってもらった入れ歯は具合がいいんです。でも、ちょっと説明不足だってところがあるかもしれません。何のためにどう治療しているんだってことがよくわからないままに進んでいっちゃうんです」（克巳の父の歯科医院に通う患者の談）

近所の酒屋は、そんな父親が家庭でどんなふうだったのかを語ってくれた。

「父親が一家の大黒柱だっていうか、主人なんだって考え方の人じゃないのかな。すべて旦那《だんな》さんが決めてその通りにやっていく、という家みたいだったね。奥さんはおとなしい人で、何でも旦那さんの言う通りに従っていくタイプだった」

家庭における主役は父親、という家だったようである。そして、弟の直樹くんも部分的には認めているように、克巳はその父の期待にこたえられず、不本意な大学にしか進学できなかったのだ。そのことが、克巳の精神を少しずつおかしくしていったということはないのだろうか。

「あの家には、夫婦の対話ってものがなかったんじゃないだろうか」

と語ってくれたのは、名を出さないでくれと念を押した遠い親戚《しんせき》である。

「家の中で御主人様なのは父親一人なんだ。エリート意識ってやつなのかな。自分にできないことはひとつもないんだ、というような態度の人だよ。そして、母親がそういう夫に対して、ひとつも逆らわずに、全面的に従っていく人だった。すべておとうさんの言う通り、というやつだね。だから子供にしてみれば、父親に失望されちゃった時に、すがるところがないんだよ。母親が味方してくれるならいいんだが、母親は父親の側についちゃうんだから。おばあちゃんが生きてた頃には、その人が孫たちを可愛がっていたけど、亡くなってからは子供に味方してくれる人がいなかったわけだ」

克巳の父方の祖母は、克巳が中学三年生の時に交通事故で亡くなっている。それ以来、子供たちを全面的に受け止めてくれる人はその家にはいなかったようなのだ。

そして、克巳は受験で父の期待にこたえられず、落ちこぼれていく。その生活は、限りなく寂しいものであったかもしれない。すべてのことは、その家庭内の冷たい人間関係から生じているのかもしれない。

しかし、まだ結論を出すのは早いであろう。

受験で、父親の期待にこたえられなかった人間は数多くいるのだ。無私の愛で包んでくれた祖母を亡くした人間だってほかにいっぱいいる。だがそれだけで、そういう者がすべてストーカーになるわけではない。好きになった相手を殺し、その性器を切り取るという異常犯罪は、井口克巳のみが実行したのである。

その犯人の、異常性を解明するには、更に深く調査し、心の中の暗部へと分け入っていかなければならないだろう。

（以下次号）

（『週刊文殊』平成×年八月十九日号より）

笑った顔を見せたことのない追跡者《ストーカー》

〔第二弾〕崩壊した家庭の中で奇矯な行動がエスカレート

by本誌特捜班

ＯＬ性器切除ストーカー井口克巳はどんな生いたちの中から生まれたのだろうか。おとなしい、無口だった、ひとと争うことが嫌いだった、ひとりで何かコツコツとやるタイプだった、などの、根暗な気の弱い青年だという証言がある一方で、急に激しく怒りだすことがあった、高校のガラスを何枚も割ったことがある、小学生の頃にも奇行があったなどの、激情にかられやすい不安定な精神状態を指摘する証言もある。

はたして井口克巳は特殊な異常者だったのか。それとも、誰の中にも多かれ少なかれ井口克巳的要素があるのか。更に取材を重ねていく必要があるであろう。

現在警察に勾留《こうりゅう》されている井口克巳容疑者（22）は、特に異常な興奮も示さず、比較的おとなしく取り調べに応じているという。自分が藤内真奈美さん（24）を殺害したことは認めており、その死体の一部を切除したことも認めているようである。

しかし、反省の様子は見られず、どうしてそんなことをしたのだと問われると、自然にそうなった、などとあいまいな供述をくり返すばかりだという。気がついたらそうなっていた、と心神の喪失を匂わせるような発言もあり、警察としては精神鑑定を専門家に依頼する必要を感じているらしい。

しかし、年頃の娘さんを理不尽に殺された親の身になって考えれば、それは堪え難いことであるに違いない。犯人は精神を病んで犯行に及んだのだから責任能力はない、つまり罪に問われない、とでもいうことになっては、親としては無念の思いのやり場もないことになるのだ。

その意味においても、我々は井口克巳が、いつ頃から、何が原因で、どのように異常になっていったのかをできる限り明らかにしていきたいと思う。

取材を進めていくにつれ、少しずつ明らかになってきた井口克巳に関する情報は、大きく分けて二つの方向から、彼の異常性を形成したと思われるものだった。

そのひとつが、先週号の記事でも踏みこもうとした、家庭環境のいびつさ、である。克巳には、エリートである歯科医の父(52)の期待にこたえられなかったというコンプレックスがあり、父はまた、それを許さないワンマンな家長タイプの人柄であった。二浪もしておいて、そんな大学にしか入れなかったのかと、我が子をさげすむようなタイプだったのだ。

そして母(52)は、そんな父に全面的に服従し、子の側には立ってくれない人であった。価値判断も何もかも、夫に隷属し、ひとつも異を唱えないのだ。

ただ一人可愛がってくれた祖母が中学三年生の時に交通事故で亡くなって以来、克巳の身になって考えてくれる人物は家庭の中にはいなかった。

先週号ではそこまでを明らかにしたのであるが、取材を進めていくうちに我々はもっと具体的で衝撃的な証言にぶつかったのである。

その証言をしてくれたのは、克巳にとっては伯父《おじ》にあたる、母の義兄(57)という人物であった。

「あの家は、家庭としてはとっくに壊れていて、一種の仮面家族なんだよ。十五年くらい前に、あの父親は愛人を作って一時期家を出ているんだ。愛人は見習いの歯科技工士とかだった。一年半ぐらいでその仲も冷えて、結局は家に帰ってきたんだがね。でもそれが元になって、家の中はバラバラだよ。恨みと、憎しみで家が成り立っているようなものさ」

離婚話は持ちあがらなかったんでしょうかという本誌記者の問いに、その人はこう答えた。

「それが、そういう話にはならないんだ。私にとっては義理の妹ということになるんだが、あそこの母親というのが、ちょっと変っているんだな。全面的に夫に服従して、何でもその言いなりで、そこだけを見ればいい妻のように思えるかもしれないが、結局それは頑迷な服従なんだ。自分ってものがなくて、判断しなくちゃいけないことはすべて夫の考えにゆだねて、自分はただその立場だけを守り通そうとするわけだ。つまり、医者の妻、という世間的にも通りのいい立場を守ることだけが、彼女にとっての結婚生活なんだろう。夫が愛人を外に作ったって、そのことに嫉妬《しっと》するより、自分の立場を失いたくないと考えるんだね。だから、少しも変らない態度で姑《しゅうとめ》につかえ、子を育て、既得権にしがみつくんだよ。浮気したって構わないけど、死んでも離婚だけはしないから、というやつだ。こっちに落ち度はないのに、どうしてこっちが何かを失わなくちゃいけないんだ、という考え方なんだろうなあ。そういうわけで、結局夫は家に帰ってきたわけだが、もうそこには家族の心のつながりなんてありゃしないよ。その時からもう、あの家は壊れてたんだ」

支配欲から死体の一部を切り取る

十五年前だとすれば、それは克巳が七歳の時のことである。小学校に入ってまだ間もない頃、父親が家からいなくなる、という体験をしていることになる。

そして、やがて父は戻ってきたが、もう家の中にあたたかい空気が流れることはなかった。異様にそらぞらしい、仮面の家族となってしまっていたのである。

幼児期のその体験が、克巳の精神形成に何らかの影響を与えたということは大いに考えられる。

「あんまり家族のこととかはしゃべらない男でした。彼の父親が歯医者をしていることさえ、ずーっと知らなかったぐらいです。ただ、一度だけおばあさんの話をしてくれたことがあって、いちばんおれを可愛がってくれた人だよ、と言ったのをはっきり覚えています」（高校二年生の時の級友）

その祖母を失ったことで、克巳は心のよりどころを失ったのではないだろうか。子として当然のことながらすがりたいはずの母親は、父親を憎みながら隷属するというゆがんだ精神構造で一家の中の重苦しさを受け持つように存在している。

そして父親は、そういう母を軽蔑《けいべつ》しきっているかのように独善的で、家の中を全面的に支配しようとする。克巳にとってその父は、どんな存在だったのだろう。

その父の期待に自分がこたえられなくて、できそこないめ、と冷たく見放された時、克巳が抱いた感情はどのようなものだったのか。
「男の子が、思春期から青年期にかけて、父親の支配から脱して親ばなれしていくのは非常にノーマルなことです。親に反逆する一時期があって、かえってその後男と男の関係になれるわけです。ところが、その父の支配があまりにも強かったり、父の持つ力が圧倒的だったりすると、父親ばなれはおこらず、ずーっと被支配状態が続くことになります。父親に逆らえず、かといって素直に従うこともできず、常に父親の影にビクビク怯《おび》えているわけです。そして心の底では、強い憎しみを抱いていることになる。そのくせ、結果的には父親と同じことをしていくのです。人間関係を支配、被支配でしか捉《とら》えられなくなっていくわけです」（精神分析医、遠藤幹雄先生の談）
井口克巳が真奈美さんの死体の一部を切除して自分のものにしようとしたのは、強い支配欲によるものだったと言われている。強大で逆らうことのできない父に圧迫されていた克巳は、その父に反発しつつも、結果的には男女関係において支配者たろうとした点で、父と同じことをしたのだろうか。
結論を急ぎすぎてはならないだろう。井口克巳は現実に存在する人間であり、真奈美さん殺しは現実におきた事件なのだ。現実を物語のように解釈することは危険なことなのだから。我々は克巳を異常に追いこんだもうひとつの要素、人間性の中にある奇矯さを見ていかなければならない。

おびただしい変態性欲ビデオ

井口克巳が容疑者として捜査線上に浮かびあがり、その自室が捜索された時、捜査員を驚かせたのはその部屋の乱雑さと、おびただしい数の非合法猥褻《わいせつ》ビデオの存在だった。部屋の中には数百巻の裏ビデオがあったのだ。

二十二歳の青年がその種のビデオを観たことがあるのは、今日では案外普通のことであるかもしれない。一巻や二巻はそれを持っているということもあるだろう。しかし、数百巻もそれを集めていたとなると、やはりまともなことではない。偏執的なのめりこみを感じ取らずにはいられないのである。

その種のビデオの中には、いわゆる変態性欲というものに訴えるタイプの作品がある。SMや、スカトロジーや、ロリコン物など。そういう変態的作品を、あくまで作品として愛好する人が一部にいること自体は、あえて批判すべきことではないだろう。バイオレンス映画を好む人が暴力的とは限らないのである。個人の嗜好《しこう》の中にとどまる限り、ノーマルでないことにひかれるのも個人の自由だ。ただし、今現在合法でないものを製作したり販売したりするのは罪に問われて当然だが。

だが、井口克巳の場合は、明らかにそれにのめりこんでいたのだ。昼間から自室にこもって、数百巻の変態ビデオに明けくれて生活していれば、現実とフィクションの区別さえつかなくなってきて当然というものである。

父親に対するコンプレックスから、学校へまともに通うという程度の社会性すら喪失していった克巳は、誰も入れない自室に別世界を構築し、その中でのみ自分の欲望を解放していったのである。

それは、虚（フィクション）としての社会生活だった。そして虚は、いつしかそれ自体で成長し、現実にとって代ろうとしていったのではないだろうか。殺した女性の体から性器を切り取って奪うというのは、変態ビデオの中の新しいアイデアにすぎないかのように思えてくるのだ。

調査を進めていくと、克巳にはそういう虚へののめりこみが以前から見られたという証言がいくつも出てくるのである。

「高校二年生の時に、彼は自分の教室の窓ガラスを全部叩《たた》き割るという事件をおこしています。担任が地理の女性教師だったんですが、その教師が成績が低下してきたことについて、ちょっとバカにするような口調で注意したのが原因だってきいてます。その日の夜、学校に忍びこんでガラスを棒で叩き割ったんだけど、自分も手に怪我《けが》して、次の日包帯を巻いてくるんだもの、すぐにわかりますよね。でもその時、彼の家がすぐさまガラス代を出して新しいのをはめたんで、そう大きな問題にならずにすんだんです。教師のほうも反省すべき点があったと思ったんじゃないですか。とにかく、普段は無口でおとなしい彼がそんなことをしたらしいとクラスの者にはわかって、ちょっと要注意の人間かもしれないぞ、というムードにはなりましたね」

高校二年の時の同級生が語ってくれた克巳の奇矯な行動のひとつである。いったいその女性教師のどんな言葉が克巳をそういう暴力行為に走らせたのかは不明だが、一見無気力な克巳が時として激情にかられて暴走するタイプであったことは大いにうかがえる。

日常生活の中で、強く抑圧されている人格が、ちょっとしたきっかけで、凶暴性となって噴出する、ということが克巳には確かにあったようである。つまりそれもまた強い支配から逃れるための、ある種のバランスのとり方だったのであろう。極端から極端へと行動が揺れ動くのだ。

「高校生ともなれば、カップルになるような男女もいるし、そこまでは行かなくても、女子とだって普通に話ぐらいできますよね。中学生じゃないんだから。でも彼は、女子とは口をききませんでした。たまに女子のほうから、掃除を手伝ってよ、なんて声をかけられても、黙って無視してたりして。だからなんとなく変な人だな、とみんな思っていましたね」(高校二年生の時に同級だった女性)

女性とは話もできない、という極端さの対極に、殺してでも支配する、という欲望が育っていたということなのだろうか。

東京というバケ物の住むジャングル

小学校三年生の時の担任の女性教師は、記者にこういう思い出を語ってくれた。

「秋に遠足に行った時に、井口くんがいきなり池に飛びこんだので、大変驚いたことが忘れられません。私も含めて、大勢が見ている前で、この池をむこうの岸まで渡ってみせるからと言って、砂場にジャンプするみたいに飛びこんだんです。みんなが見ている前でやったことだったのが、考えてみれば幸いでした。井口くんはその頃泳げなかったので、すぐに溺《おぼ》れてアップアップし始めたんです。見ていた子たち全員が大騒ぎで、私も池までは駆けつけたんですけど、あわててしまってどうしたらいいのか考えつかないんです。棒のようなものはないのか、なんて捜したり。考えてみれば私が飛びこむべきところですけど、恥ずかしいことにその思いきりがつかず、ただうろたえるばかりでした。そうしたら隣のクラスの担任だった男の先生が池に飛びこんでくれて、溺れている井口くんを助けあげてくれたんですけど。そのことがあった時に私が感じたのは、この子は目立ちたくてやったんだ、ということでした。ひとの注目を集めたくて、わざとそういう無茶なことをやったんだと思います。本人はそのことのあと、当時テレビでやっていた子供向けアニメの中で池の上を歩いていける術だかがあったので、自分にもできると思ってやった、と言ってるんですけど。でも、やっぱりあれはひとの関心をひきたいという発作みたいなものだったと思います。その頃、井口くんの家の中にぎくしゃくとした問題があったことは私も知っていましたから、そういうことで寂しい子が人目をひいて人気者になろうとしたのかな、と思ったのです」

この出来事を、子供らしい無謀な失敗と見るか、それとも心の中の病んでいる部分を感じ取るかでは、意味あいが一八〇度変ってくる。アニメの真似《まね》をして、池の上を歩いて渡ろうとしたのならば、それは無邪気な失敗談ということなのだが。

だが、その場にいた大人である担任教師は、その行動の異常性を感じ取っているのだ。

小学生の頃から、井口克巳には時として行動が奇矯になることがあったわけである。そしてそれは年と共にだんだんとエスカレートしていったのではないだろうか。家庭内の冷たい空気にまず敏感に反応し、次には、可愛がってくれていた祖母の交通事故死によって孤立感が増し、そして成績の低下、受験の失敗によって決定的に父へのコンプレックスを育ててあげてしまう。

ここにもうひとつ、克巳の異常な行動に関する証言を紹介しよう。

「高校一年生の時、井口くんのことが好きだという女の子がいて、私が仲をとりもったりしたんです。それで、その子は勇気を出してバレンタイン・デーに手造りチョコを井口くんにプレゼントしたんです。ところが井口くんは、そのチョコを学校の机の中に置いたままで家へ持って帰らないんです。だから私と、ほかにそのことを知ってた女の子とで、なじったんです。ひとがせっかく心をこめて手造りしたチョコをほったらかしにしておくのはひどいわよ、って。そうしたら井口くんは、じゃあおれがその子に、手造りの鼻クソ団子を作ってやったら食べるのか、ということを言い、実際に鼻クソをまるめ始めたんです。その女の子は、結局は井口くんへの思いをあきらめて、別の男の子を好きになっていったから、結果的にはよかったんだけど」

　こうしたエピソードから浮かびあがってくる人間像は、ひととの関係のとり方がひどく無器用で、極端な、孤立者のイメージを帯びている。愛のない家庭に育った克巳には、愛は憎むべきものだったのであろうか。求めるが故にかえって、心してそっちのほうは見ないようにしていたのであろうか。

　まだまだ、この日本犯罪史上に不気味な一頁《ページ》を加えることになった犯人の心の真相にたどりつくことはむずかしい。

　愛娘を失った真奈美さんの父は、報道陣に対して次のような手書きのメッセージを発表している。

「私たちの真奈美は、東京というバケ物の住むジャングルで、野獣に襲われて死んだんだという気がするばかりです。その野獣がどんなやつだったのかということは知りたくありませんし、ききたくもありません。ただ、その時に親としてその場にいて娘を守ってやれなかったことが心残りです。娘の位牌《いはい》にむかって、ごめんなあ、と心の中でとなえて涙するばかりです」

そして、井口克巳の両親のほうは、事件以後完全に沈黙したままである。(以下次号)

(『週刊文殊』平成×年八月二十六日号より)

笑った顔を見せたことのない追跡者《ストーカー》

〔第三弾〕にわかに出てきた人肉喰い説と多重人格説

by本誌特捜班

ストーカー井口克巳は、病的な精神状態の中であのいまわしい犯行をしたのであろうか。そして、その病的状態は、犯行に関する彼の責任能力を問えないほどのものだったのか。犯行そのものについては完全に立件できているこの事件では、今後その点が最大の論点になってくるであろう。

そんな折も折、ここへ来て一部の週刊誌に、井口克巳は切除した被害者の死体の一部を食べていた、というセンセーショナルな報道が出てきた。その真相はどこにあるのか。また、それとは別に、ここへきてにわかに井口克巳の多重人格説まで出てきたのだ。はたして、何が真実なのであろう。


『週刊真相』の八月二十日号の広告を見て、ギョッとした人は多いはずだ。そこには次のような刺激的な字句が並んでいたのである。

「あのストーカーは奪った死体の一部の肉を食べていた!!」

そして、記事を読んだ人は、そこに克明につづられた人肉喰いの描写を読み、胸が悪くなったはずである。

同誌によれば、初めから犯人の克巳は、食べるために被害者の性器を切除したのであり、そのつもりだったからこそ、アイスクリームという食品の中にそれを隠したのだという。

ところがその記事の不思議なところは、それだけセンセーショナルな内容を報道していながら、その情報の出どころについては「本誌記者が捜査陣から入手した情報によれば」と説明するのみで、何ら具体的な呈示をしていないのである。いわゆる、消息筋の話によれば、という類《たぐい》のニュースであり、本誌はその方式を全否定するものではないが、事の重大性にてらしてみてそれで通用するものなのかどうか疑問を持たざるを得ない。

ところが、そのように情報ソースについてはあいまいなままの『週刊真相』の記事で、犯人がそれをどのように食べたかの描写だけは妙に詳細を極め、犯人以外には知り得ないようなことにまで触れているのである。

「アイスクリーム詰めにして冷凍室で凍らせたものを、カッター・ナイフで薄くスライスすると、凍っているからルイベのように簡単に切ることができ、周囲を汚すことがない」とまでどうして書くことができるのだろう。これではまるで、犯人がそういうことを認め、そういう供述をしているかのようである。

ところが、他の報道機関をも交えた正式の会見で、警察側はきっぱりと、被疑者はそんな供述をしてはいない、と否定しているのである。

また、死体の鑑定をした立国館大学病院の田尾純平医師も、

「そんな事実はきいていないし、私が知る限りではない。もしそういうことがあれば、大変な話題になっているはずだ」

と否定的見解を述べているのである。

更には、井口克巳容疑者の自室を捜索し、最初に冷凍室の中から、そのアイスクリーム入りカップを発見した捜査陣の一人も、我々の取材に対してこう証言している。

「そのアイスクリームの中に、問題の肉片はほぼ完全に埋めこまれており、その状態でコチンコチンに凍っていたのだ。だから初めは異常を見逃しそうになったのだが、表面の様

子が少し変だったので、よく見ると陰毛が透けて見えたんだ。だから、カップから出して云々《うんぬん》ということはあり得ないと思う」

それらの証言が事実だとすると、『週刊真相』はいったいどこから、人肉喰い説を持ち出してきたのであろう。

同誌がニュース・ソースを公表しておらず、特集記事は連載物でありまだ続くことを考えれば、今の時点で何かを決めつけて批判することはさしひかえなければならないが、同業者としては勇み足がなければいいがと願うばかりである。

食べることによる完全な支配

しかし、井口克巳が被害者の肉片の一部を食べたかもしれない、という仮説は、ある意味ではかなりの説得力を持つものである。そのことは認めてもかまわないであろう。克巳にそういう欲望があったのだと考えれば、なぜ死体からその一部を切り取って持ち帰ったのか、という謎の解答のひとつには確かになるからである。

本誌の取材に対して、女性の死体から性器を切除して持ち去る殺人者の心理について、多くそれは、憎しみや、強い支配欲によるものであるとの分析をしてくれた犯罪心理学者の奥山啓一郎氏は、その異常がそれを食べるという行動につながる可能性は否定できない、と語る。

「相手を食べてしまう、つまり自分の一部に取りこんでしまう、というのは完全なる支配ですからね。熱情的な恋情の表現として、きみを食べてしまいたい、なんて言うことがあって、もちろん本当に食べる人はいませんが、それも愛による情念には違いないわけです。その意味では、ゆがめられた形でしか性や愛に接することのできない異常者が、相手を食べるという完全なる支配を求めることはありうることだと思います。実際にはどうだったのか私は言う立場にはないわけですが、そうだったとしても驚きはしない、というのが私の感想ですね」

確かに、我々は過去の猟奇的性犯罪の例の中に、被害者の体の一部を食べていた、というケースをいくつか思い出すことができるのである。その意味では、それは誰も空想すらしないような奇想天外な話ではないのだ。

むしろ、性欲を刺激された相手を殺すことによって思いをとげようとする異常者にとっては、それもまたごく自然な欲望なのかもしれないのである。

ところが、それについて次のような懐疑的な発言をする人もあることを紹介しておこう。警視庁のOBで犯罪学者の千葉彬《あきら》氏である。

「多くの場合、被害者の体の一部を食べちゃっていると、病的な精神状態にあったと鑑定されて、責任能力なし、っていうことになっちゃうんですよ。つまり、そこまで異常なことをするのは、病気だったからだ、という考え方ですね。それで、とりあえずその鑑定にはぼくも文句はありません。もともとはそういうことなんでしょう。だけど問題なのは、そういうことって社会の中で広く知られ、学習されていくんですね。だから、実は責任能力ありで、罪に問われてしかるべき犯罪者が、罪を逃れるために、死体の一部を食べたと嘘《うそ》の供述をする可能性がある。そのことを慎重に考えなくちゃいけません。私はそんなにも精神がおかしくなっていたのであり、自分でも何をしたのかわかっていないのだ、という主張をすることで、責任を逃れようとするわけです。そしてもっと進めば、食べたと嘘を言うのではなくて、自分はそこまで変になっているのだということを表すために食べてみせる犯罪者すら出てきかねないと、ぼくは心配しているんです」

なんだかそらおそろしくなるような話ではないか。

とりあえず今の段階で、本誌が調べ得たことをまとめておこう。

警察の会見による限り、井口克巳が被害者の体の一部を食べたという報道は否定される。そして、関係者たちも一様に、自分の知る限りその事実はない、もしくは、その可能性につながる状況証拠はない、と証言しているのである。

もっと強いもう一人の自分がいる

というわけで、本誌としては人肉喰い説よりも、ここへ来て浮上してきたもうひとつの可能性のほうを重視するものである。

まずは次の証言に目を通していただこう。

「浪人中のことです。井口が一浪だった時ですね。私も浪人して同じ予備校に通っていて、そう親しかったわけではないけど、たまに話をするぐらいにはなったんです。ゲームのこととか、アイドルのことなどで、趣味が共通していたからです。でも、まあ浪人だから当然とも言えるんだけど、陰気で、ふてくされていて、あんまり楽しい友人ではありませんでしたね。ところが、あれは十一月頃だったと思うんですが、模試の成績がよくなくて、彼がひどく落ちこんでたことがあるんですよ。それでその時、忘れもしません、私を予備校の屋上へ誘って、奇妙なことを言ったんです。このおれは本当のおれではないんだ、って。秘密をこっそり教えてしまう、というような口調でした。いったい何を言ってるんだろう、と思いましたよ。その時、変なことをいっぱい言ったんですが、まとめてみるとこういう内容です。今のこの自分は、本当の自分ではない。本当の自分は別にいて、そうたびたびは出てこないけれども、出てきたら誰もかなわないほど強くて逞《たくま》しい人間なんだ。そういうことを、なんだか誇るように言うんです。気味が悪いっていうか、こいつアブないよ、という感じでした。本当の自分はもっとすごく頭もよくて、決断力があって、運動能力も行動力もあるなんて本気で言ってるんですからね。その自分が出てくることはそうないんだけど、出てきちゃったらおれは別人のように強い人間なんだぜ、って。浪人生活でつぶれそうになってて、妄想みたいなこと言い出しちゃったんだ、というのが私の感想でした。こいつ、ちょっと見ててやらないとおかしなことになっちゃうかもしれないぞ、と思いました。そういうことは、その時一回あったきりなんですけどね。それからだんだん試験も迫ってくるし、私もひとのことをかまっていられる場合じゃなくなっていったんです。

それで、私は一浪の後に大学に合格し、彼は二浪ということになって、接点は完全になくなり、会うこともなくなりました。だから実を言うと井口のことはほとんど忘れていたくらいでした。それを、今度の事件の報道によって思い出し、あの時の屋上での発言も思い出したんです。それをきいた時には、ただおかしなことを口走っていると思っただけでしたが、こういうことになってみてふと、あいつは二重人格じゃないんだろうか、という気がしたんです。あの時言ってた、強くて頼もしいもう一人の自分っていうのが、あいつの中には、いるんじゃないんだろうか、と。もしそうだとしたら、それは病気なんですよね」

浪人中に同じ予備校に通っていたという、吉川陽介くん（22）（仮名）の驚くべき証言である。

もちろん、この証言だけから井口克巳を、二重人格者、もしくは多重人格者だと断定することは到底できるものではない。証言者はそういう、強くて、逞しくて、活動的なもう一人の克巳を見たことがあると言っているのではないのだから。ただ本人の口から、そういう自分が別にいるのだ、という話をきかされただけのことである。

それは、青年の強がりにすぎないのかもしれない。自分への願望を憧《あこが》れるように口にしただけなのかも。

しかし、とにもかくにも克巳がそういう一見不可解なことを口にしたことがある以上は、多重人格説も考慮してみなければならなくなったと考えるべきであろう。

ストレスから逃れるための凶暴な人格

ここでまず、日常的会話の中で、彼は二重人格だ、とか、性格に二面性がある、などと言うその二重人格と、精神病理学の分野で言う二重人格（多重人格の中の一例）とはまるで別のことなのだということを理解しておこう。通常会話の中で主に悪口として言われるそれは、裏表のある性格だとか、相手に応じて態度を変えるいさぎよくない人物だとかいうことを表現しているにすぎない。そういうことはむしろノーマルな人間ならではのことと言えよう。

精神病理学のほうで言われる多重人格は、はっきりと病的精神活動であり、まだそのメカニズムが完全に解明されてはいない新しい病気なのである。

「多重人格は医学的には『解離性同一性障害』と呼ばれます。患者数が多いアメリカで、一九八〇年に診断基準が定められました。これは一人の人間の中に、二つ、またはそれ以上の、はっきり区別された人格が存在し、状況に応じて出現するというものです。多くの場合は、それがまるで別の人格でして、時には性まで違っていたりするので、その人格の入れかわりを見た人は、相手が演技をしているのではないかと思うほどです。社会人の男性が、ストレスや刺激によってヒステリー症状をおこし、ふっと七歳の女の子になってしくしく泣きだしたりすることだってあるんですから、現実に見ても信じられないような気がするんです」

相生メンタル・クリニックの井内義久院長はそんなふうに語ってくれた。日本ではまだ例の少ない多重人格患者を五例診断したことのある精神科医である。

「メカニズム的には、弱い自分を守ろうとして、自分の中に強い別の人格を作り出す、ということです。だから、幼児虐待が多いアメリカに例が多いと言われるし、男性より女性のほうがはるかにかかりやすい、という事実もあるのです。しかし、原因は必ずしも幼児虐待とは限りません。強いストレスがあり、そこから自力では立ち直れない時に、別の人格を生んでしまうということですから、ストレス的人間関係や被災体験によって発症することは十分に考えられます」

つまり、それは明らかに病気なのである。もし井口克巳が多重人格者だとしたら、そして彼の中のもう一人の、強くて活動的で決断力のある人格のほうが殺人をしたのだとしたら、そういう病人である彼を法で裁くことはできないということになるのだ。

「しかし、その浪人時代の友人の証言だけでは、井口克巳を多重人格だと判断することはむずかしいと思います。その、逞しいという別人格になった克巳を見たということではないんですから。そういう別人格が本当に出てくること、そしてその本人がそれを自覚していること、などが精神分裂病と多重人格との違いです。別人格になった時にしたことは覚えていないケースもあるのですが、それでも、もう一人いるぞ、ということには気がついているんです。いや、場合によってはもう三人だったり、四人だったりもするんですが。別人格にすべて別の名前がついている、というケースもありますよ。そして、別人格のうちのあいつとは気が合わなくて嫌いだ、なんていうことも多い。でも、ストレスに負けそうになった時には、そっちの人格になって助けてもらうしかないんですね。そういう、とても厄介な病気です。そしてひとつだけつけ加えておけば、多重人格というのは、いっしょいっしょに暮している家族などなら気がつくはずの病気だということです。本人も気がついている。だって、ストレスがあるといやでも別の人格に変ってしまうという症状なのですから、意図的に隠せるものではないのです」

そういうことならば、もし井口克巳が多重人格だった場合、家族はそれを知っているはずである。もしくは友人の中に、その人格の変異を見た者がいるとかしそうなものである。

それらのことを大いに調査した上でなければ、軽々しく決定的なことは言えないであろう。

しかしながら、井口克巳が多重人格であるかもしれないという仮説は、本誌がこれまで取材してきた彼の心の遍歴に、結びつけやすいものであることは否定できない。

幼児期に、両親の不和で決定的に冷えきってしまった家庭の中で愛を受けずに育ち、唯一自分を愛してくれた祖母を事故で失い、父親の期待にこたえられずコンプレックスを抱く。そんな心のストレスの中で、その苦悩から逃げるために別の力強い人格を生み出していくのだ。

池の上を歩いて渡ろうとしたり、教室のガラスをすべて叩き割ってしまうような、威圧的であり凶暴なもう一人の人格を。

その人格が真奈美さんを殺害した犯人なのかもしれないと考えると、あまりにも病的な現代社会の暗部をのぞきこみ、終りのない悪夢を見るような気がするではないか。

本誌は今後もこの事件の成り行きを見守っていくつもりである。


週刊誌のコピーを読み終えた私に、治療師が声をかけた。

「いかがですか」

私は紙の束をテーブルの上に置き、この人はどうして答えようもないような質問ばかりするのだろう、と思った。

「何がですか」

「読んでみて、どんな感想を持ちましたか」

「これ、きのう読んだ記録文と同じ事件のことを書いてる記事ですよね」

「そうです」

「こっちは関係者の名前が仮名になっているんですね」

「ええ。プライバシー保護、という約束事のせいです。でも、被害者の名前と犯人の名前は実名で書いてます。どうせ新聞報道などで実名が出てしまっているからですね」

「細かいところが、ちょっと違っているんですね」

「たとえばどんなことですか」

「犯人が持っていた裏ビデオが、きのうのは四十巻ぐらいとあったのに、週刊誌のほうには数百巻と書いてあったり」

「そうですね。よく読んでみると、それ以外にも細かなことで少しずつ違いがあるんですよ。週刊誌というのは、わかっている情報だけから、ストーリーを造りあげてしまう傾向があるから」

そう言われて私は、ふと疑問を抱いた。週刊誌のコピーのほうは、正体がくっきりしている。そういう特集記事の載った号があったのだろう。だが、きのう読んだあの文章は何なのだろう。あれは事件の説明書のようなものだった。あれは、誰がどうやって書いたものなのだろう。警察の記録文書とは違うもののような感じだったが。

「きのう読んだのは小説なんですか。誰かが本当にあった事件を題材にして小説を書いたんですか」

「小説とはちょっと違うんですが」

「あれは誰が書いたものなんです」

「それは、まだわからないままにしておきます」

わからないことばかりだった。

私に殺人事件の記録や、週刊誌の記事を読ませて、どうしてそれが治療なのだろう。そしてこの治療師はどういう人間なのか。

そう考えると、いつものように私の胸の中に不安がわきおこった。何もわからないというのはいやな気分である。目を閉じて歩いているように、ひしひしと迫る不安感がある。

「どうしてこんなものを私に読ませるんですか」

と私はきいてみた。

「わかりませんか」

と治療師は言った。

「わかりません」

「そうですか。でもあせることはないんです。ゆっくりと考えていくことが治療になるんですから」

私の頭の中にはある疑問が浮かびあがっていて、その思いは胸苦しいぐらいに私を不安にさせた。でも、私はそれとは違うことを言った。

「この犯人は多重人格者だったんですか」

「どう思いますか」

「私にはわかりません」

「そうですか。では私から答を教えるのはやめておきましょう。あなたが自分で見つけ出すことが大切なんですから」

治療師はそう言うと、私の表情を上目使いに確かめた。

私はこの治療を苦痛に思い始めていた。なんだか、不当な言いがかりをつけられているような気がしてならなかった。

「今日はここまでにしておきましょう」

と治療師は言った。

「まだ、この治療の目的がよくわからなくて、変な気分かもしれませんが、あなたの精神に刺激を与えているんです。少しずつ刺激を与えることで、あなたを取り戻そうとしていると言ってもいい。だから、もう数日間つきあって下さい。治療ですから」

私は小さくうなずいた。私に治療をこばむ権利はないのだから。

「気分は悪くないですね」

「ええ、まあ」

「では、この次はまた明日」

二日目の治療はそんなふうに終った。

三日目（手　記）

三日目は少し様子が違っていた。治療師は初めてセーターだけの上着なしスタイルで私を迎え、その態度も旧知の友人に対するかのようだった。

「今日は顔色がよくて、元気そうですね」

「そうですか」

「ええ。すっきりした顔に見えますよ。何か精神面での変化があったんですか」

「いや、何もありませんが」

治療師はそれでもいっこうに構わない、とでも言いたげな顔をして小さくうなずいた。上着を着ていないせいで、ますます医者らしく見えなかった。

だから私には、疑問がわきおこった。この人物はいったい何なのだろう、と。この人は本当に私を治療する資格と技術を持っているのだろうか。診察室とは別のこんな部屋で、私に何をしようとしているのだろう。

私に犯罪の記録や、その犯罪を報じる週刊誌記事のコピーを読ませて、それがなぜ実験治療なのだろう。その事件のことから、私に何を思い出せというのだろう。

いくら読まされても、私にとってその犯罪は遠い別世界の話だった。現実にあった事件だということだが、私には小説を読んでいるのと同じだった。そんなことが本当にあったのか、と思うだけである。本当にあったのかもしれないが、私には関係のないことだった。少なくとも今の私には。

「今日もある文章を読んでもらいます」

と治療師は言った。

「また、あの事件の記録ですか」

「大きく言えばそういうことになるのかもしれませんが、ちょっと異質なものです。これです」

治療師は鞄《かばん》から紙の束を出した。それとは別に、ペラ一枚の紙も。

「こっちが、ある小説のための下書きのようなものです。そして、これが手紙」

私はそれを受け取った。

「小説の下書きのほうから読んで下さい。そのあとに手紙を」

そのどちらも、A４判の紙を横に使って、ワープロで縦書きに印刷したものだった。正確に言えばそれのコピーである。

まず私は、何枚かがとじられている小説の下書きとやらに目を通した。その文章の冒頭には、少し大きな文字で標題が書かれていた。

余　話

彼は小説家として、ちょっとしたスランプに陥っていた。

無骨なやり方だが、簡単にプロフィールを紹介しておこう。彼とは、中澤博久《なかざわひろひさ》という三十九歳の作家である。

三十三歳の時に、『あくあまりん』という小説が、ある文芸雑誌の新人文学賞に入選し、デビューをはたした。『あくあまりん』は現代の若者の生態を乾いた文章で博物誌のように描いた作品だと、話題にもなり、新人作家の小説にしてはよく売れた。そしてその作品が芥川賞《あくたがわしよう》の候補にもなり、受賞はのがしたが、そのことでふんぎりがついて、会社勤めをやめることができた。それまでは広告代理店に勤めるサラリーマンだったのだ。二十二歳の時に学生結婚をしており、新人賞入選の時点で四つになる女の子がいた。

『あくあまりん』の翌年に、長編第二作である『ほろ苦ナビゲーション』を出す。これもまずまず好評のうちに世に迎え入れられ、中澤は作家としてやっていけそうだ、という自信を得た。『ほろ苦ナビゲーション』も芥川賞候補になり、これも受賞をのがす。

選考委員七人のうち、四人までがかなりきっぱりと受賞に反対しているのが、中澤にはちょっと気になった。老齢の作家には新しいタイプの作品がわからないのだ、と考えてはみるのだが、作品をけなされることは作家にとって何よりの打撃である。なまじ候補になどしてくれなければいいのに、という気すらした。

四人のうちの一人は特に中澤に対して風当たりが強く、「この人の小説は新しい小説世界を作ろうとしているかのように一見思えるのだが、実際には新機軸の風俗小説にすぎないように私には思える。この賞の候補にすることに無理があるのではないか」とまで選評に書いていた。

こういう老人の言うことは無視すればいいのだ、と中澤は考えた。何よりも、多くの読者がおれを受け入れてくれてるのだから、と。

しかし、自作への厳しい批評は思いのほか心にくいこんでくるもので、中澤は胃が焼けるようないやな思いを抱《いだ》いた。

三年目に、『BLUE、BLUE』という短編集を刊行した。初めて、若い女性を主人公にした心模様のスケッチ集のような本で、これも話題にはなった。特に女性向けの雑誌から多く著者インタビューを受けた。しかし賞の候補にはならなかった。

その年、エッセイ集『南南西の風、風力3』も刊行。

三十七歳の時、文芸誌に一年間連載した小説が『ミストラル』で、連載開始の初期に、人気恋愛漫画『湾岸ストリート』と設定が非常によく似ていることで話題になった。雑音を気にせずに書き上げ、単行本は処女作の半分ほど売れた。

その年に並行してもう一本やった仕事が、『東京ビル・ウォッチング』というルポルタージュで、これは本にまとまると『ミストラル』の四倍も売れた。その頃には、かなり世間に名も知られてきていた。テレビのニュースショーのコメンテーター役を務めたりもし、街を歩いていて振り返られるようなこともちょいちょいあるようになった。

だが、実はその頃から中澤は、自分が書くべきテーマを見失って苦悩し始めていた。中間小説雑誌に連載を始めたオムニバス短編集は、四話まで書いたところで行きづまり、しばらく中断ということにしてもらわなければならなかった。どんどん郊外へ移転していく各大学の周辺で、どんな新しい若者文化が生まれてくるかを書いていたのだが、自分でも、これはまがうかたなく風俗小説だよな、という気がしてきて、書きつぐ意欲を殺《そ》がれてしまったのだ。

その代り、『東京アンダーグラウンド地図』という、地下施設や地下工事現場をルポする仕事には力を入れた。

今という時代に対する切り口を持って取材をし、ルポをまとめていく仕事は中澤の体質に合っていて、やりがいも感じられた。

おれは大衆作家ではないんだから、小説を量産する必要はないんだ、と中澤は考えた。テーマにぶつかり、これこそ書かなければならないものだ、と思った時に小説を書けばいい。そしてそれ以外には、現代を考える上でのポイントだと思えるようなことを調べてまとめるルポの仕事があればやっていける。そうやってアンテナを張りめぐらせていれば、小説のテーマがむこうからやってくるに違いない。

中澤はそう考え、取材してまとめる仕事を精力的にこなしていった。最近では、『東京ゴミ・ウォーズ』という本のためにあちこちを歩きまわって証言を集め、実情を調べていた。『ミストラル』以後、中澤の小説は本になっていない。

しかし、心の中できっぱりと割り切れているわけではなかった。中澤は、自分の肩書が「作家」であることにこだわっていた。

今のところ、テレビに出演したり、エッセイを書いたりした場合、特にことわらなくても肩書には「作家」とつく場合が多かった。そうであることに、実は安堵《あんど》していた。

尋ねられるようになったら癪《しゃく》だな、という思いが彼の中にはあった。

中澤さんは仕事の幅が広いから迷います、肩書は何にしておきましょう、なんて。そんなことをきかれたら、何でもいいですよ、と答えてしまうかもしれない。

だが、彼は自分の職業を作家であると思っていた。小説以外の仕事もするのは、娯楽小説を量産するタイプの作家ではないからである。次の自分にあったテーマを発見するまでは、社会性のあるルポをやるのだ。それはテーマを掘り当てるための調査である。

誰が見てもまぎれもなく作家でありたい、と中澤は願っていた。そして、そろそろ次の小説を書くべきなんだが、と焦っていた。

なのに、これを書きたい、と思うテーマになかなかぶつからなかった。常に頭の中であれこれ考えて、いくつか小説の断片のようなものが思い浮かぶこともあるのだが、どれもぜひに書きたいというほどのものではないのだ。なんとなく、面白く書けるような気がしない。

彼はこれまでに書いた自分の小説を読み返してみた。処女作である『あくあまりん』が、粗けずりだがいちばん面白かった。どうしてもこれを書くんだという熱気のようなものがこもっていて、読む者を力強く引っぱっていく感じがある。いくつかの欠点に今では気がつくのだが、その欠点よりも魅力のほうが大きかった。

よく書けたものだ、という気がしてしまう。今のおれにこれだけのものが書けるだろうかと弱気になってくる。

『ほろ苦ナビゲーション』のほうが技術的にはうまい。しかし力強さは確実に失われている。

そしてそれ以降の作品は、単に技巧で成立しているだけだった。

また別の時に読み返せば違う感想がわくのかもしれないが、その時にはそういう気がした。

中澤は自分がスランプに陥っていることを認めた。いい小説が書けるような気がどうしてもしないのだ。

時に、強引に頭の中で物語を展開してみる。

自意識が強く、なのに自分に自信が持てない若い男が主人公だ。表面上は何人かの友人と明るくつきあっているが、胸の内に、どこにも溶けこめぬ違和感を抱いている。おれは何のために存在しているのだろうという問いにどうしても答が出せない。二人の恋人があり、どちらかにしぼりこむこともなく、軽薄な近頃の若者としての刹那《せつな》的な生活を送っている。

ところが、恋人のうちの一人が自殺をする。その遺書には、自分がＨＩＶウイルスに感染している、という告白が書かれていた。

そこまで考えて中澤はざらついた無力感に打ちのめされる。どう考えたってわざわざ書くこともない物語に思えてしまうのだ。よほどうまく書けたとしても、せいぜい新機軸の風俗小説になるだけのことだ。安易にＨＩＶなどを持ち出して時代のテーマを盛りこもうとしているところが、あざとい印象に受け止められるに違いない。

書きたいことは、現代人の苛立《いらだ》ちなのだ。

ぼんやりとそれだけはわかっている。

欲望の原理で動く社会の中で、現代人はひどく苛立っている。次から次に物質を手に入れながら、どうしても手に入らないのが心の満足だと気がついて、渇ききっている。

その苛立ちを目に見える形にするのがおれの小説の狙《ねら》いだ。これまでも、その意図に基づいて書いてきているのだ。

主人公に犯罪をさせようか、と中澤は考えた。

殺人がいい。快楽殺人。

目をおおいたくなるような猟奇的な殺人をする、どこにでもいそうな気の弱い青年。やや引っこみ思案ではあるが、とりわけ異常とも思えない青白い青年が、なぜそんな事件をおこしたのか。

普通の人間の中の異常性。

というより、ごく普通の人間関係に見えている中に、いかに渇きと苦悩が満ち満ちているかの証明。誰もノーマルになど生きられない今という時代。

快楽殺人に走る青年を博物誌のように描いて、そういう時代性が捉《とら》えられないか。

中澤は頭の中に、快楽殺人者の物語をころがし始めた。殺人による相手への完全な支配でしか、自分の存在を表現できない抑圧された個性。無力すぎる青年。無力なまま、苛立ちだけはとめどなく肥大している。

その頃中澤は、ふた月ばかりその物語を頭の中に構成していた。だが、まだ書きだすふんぎりはつかなかった。周辺のディテールは様々に思い浮かぶのだが、芯《しん》がないのだ。

焦りばかりがつのる中、一行も書けない日を送っていった。快楽殺人をする無力な青年が、まだ中澤の中で生命を得て動き始めないのだった。

そういう時機に、現実世界であのストーカー殺人事件が発生したのだった。特に目立った印象もない長期欠席中の大学生が、ちょっとしたきっかけで知りあったOLに一方的にのぼせあがり、相手の感情を無視してつけまわすようになる。OLの住むアパートを監視し、配達される手紙を盗み読み、無言電話をかける。それがその男にとっての唯一の恋愛の手段だったのである。

そしてついに、青年はOLを殺害する。それが愛の成就だったのかもしれない。死体の一部を青年が切り取って自室に持ち帰っていたことで、この事件はセンセーショナルな話題性に包まれ、日本中の大衆が異様に注目するところとなった。

新聞によっては、それを死体の一部分、としか表現していないところがある。いたずらに煽情的《せんじょうてき》にならないようにという配慮であろう。

しかし、血に飢えたマスコミがそんなあいまいな情報で満足するはずはない。サラリーマン向け週刊誌も、女性週刊誌も、写真週刊誌も、折しも注目され始めていたストーカーという新しい犯罪者が、どんな猟奇的なふるまいに及んだかを大々的に報じた。テレビのワイドショーも、直接の言葉を避けながら事実をうわずった調子で伝えた。

犯人の大学生は、殺したOLの死体の股間《こかん》、性器部分を鋭いナイフでえぐり取り、持ち帰っているのである。そしてさらに、それを大きなアイスクリームのカップの中に埋めこんで、冷蔵庫の冷凍室に保管していたことが（それとなく）報じられるに至って、通常人の理解の限度を越えたその行為への興味で日本中がわきたつような具合になった。

通常人の理解の限度を越えた、というのはマスコミがこの線からこっちはまとも、と線引きをして、その内側から投げかける常套句《じようとうく》である。一人の犯罪者の心の内など、決して完全に理解できるものではないし、また逆に、何をやったのであろうがそれが人間の行為である限り、通常人の日常のふるまいの延長線上にあるはずである。そんなのは悪魔のしわざである、という断定はいちばん無邪気な自己肯定であり、自分と他者をひたすら好都合に分化しようという思いこみである。

そういう論調がしかし、日本中に満ち満ちた。

そんな中で、中澤博久はこの事件に大いに興味をそそられた。たまたま、若者の理不尽な犯罪を小説にできないかと考えていたところだったから、より関心が強かったということもある。現実のほうが小説よりも上手《うわて》を行き、これでおれの書くことがなくなった、という気がしたことも確かだ。

だが、そのことは別にしても、彼はこの事件から目がはなせなかった。ほとんど無力な若者の、人間に対する復讐《ふくしゆう》のような凶行、というところに何かを感じるのだ。投げかけられているメッセージは一部おれあてのものかもしれない、という思いまでした。

と言って、彼がその事件について特別に何かを深く知りうる立場にいるわけではない。

中澤は新聞を読み、テレビのニュースを視、『週刊文殊』や『週刊真相』といった週刊誌の特集記事を読んでいっただけである。仕事柄、昼間家にいることもあり、テレビのワイドショーを視たりもする。そして予想した通りにうんざりするのだ。

マスコミは信じられないほどにせっかちである。事がひとつあると、まだ判断材料がろくに揃《そろ》ってもいない時から、事態を説明したがるのだ。なぜこんなことになったのかを、いきなり決めつけて、解説したがる。

ワイドショーのコメンテーターというのは大衆のお望みの説明をやってみせる説教芸人である。

「ひとつ言えることは、現代社会というのが欲望の野放し状態になっているということですね。性欲を刺激し、快楽だけを肯定するようなメディアが、活字であれ、写真であれ、マンガであれ、ビデオであれ、あふれかえっているわけでしょう。それこそ、中学生だって簡単に手に入れてそれらの刺激に触れられるという状況にあるわけですよ。もちろん、そういう刺激に接した人間がすべて殺人を犯すというわけじゃないけど、この歯止めを失った状況がやっぱり一部にそういう犯罪を生み出していくというのはこれ、大いに考えるべき点だと思うんですよね」

犯人が逮捕されたという報道があって三日目、その犯人が猥褻《わいせつ》なビデオを多数持っていたことが伝えられるといきなりこんなコメントが出てくるのだ。

もう答が出てしまうのか、と中澤は思う。そしてそれが答なのか。

「ぼくはこれ、やっぱり家庭の中に病巣があるような気がしてならないんですよ。犯人が無言電話をかけたり、持ち帰った死体の一部をアイスクリームの中に埋めたりしているの、両親も弟もいっしょに住んでいる家の中でのことでしょう。それで家族の誰一人としてその異常に気がついていないというのは、なんてバラバラの家族なんだろうということですよ。それはもう家族とは言えないんじゃないか、という気がするんですね」

思いつきの感想にすぎないのだ、と中澤は思った。そう言っているコメンテーターに、ではあなたは自分の息子がどんなエロ本を読んでいるのか知ってるんですか、ときいてみたくなる。

活字媒体のほうでは、識者と呼ばれる何人もの人間が、いきなり事の次第を説明してくれる。

「人間関係の結び方の、ひどく無器用な世代が出現していることには、このところ注目していた。少子化が進んで兄弟と触れあうことが少なくなっていることも原因かもしれない。いわゆるひとり遊びしかできないという世代で、教育の問題もその背後にはあるだろう。とにかく、他人とうまくコミュニケートできない世代であり、ひとりに閉じこもるか、または逆に必要以上に他人に合わせようとしてストレスをためていたりするのだ。まさしくそういう世代の犯罪ではないだろうか。恋愛もまた人間関係であり、自分と相手との合意で育てあげていくものだが、関係性不全の世代にはそれは苦痛なのかもしれない。相手を無視した一方的な欲望の暴発という形でしかそれを表現できないのだろう」

その一般論と、あの特殊なひとつの犯罪とが、どこでどれだけシンクロするとこの識者は言うのだろう。

まるで、突然に身内が死んでうろたえきっている遺族に、成仏の話をしてなんとか心を安らげようとしている坊主の講話のようだ、と中澤は思った。つまり、説教だ。

マスコミは社会に発生した衝撃を、とりあえずうやむやにするための説教師なのか。

そんな批判も一方に持ちながら、でも中澤はマスコミの報道を追いかけた。

犯人の青年の家族構成や、高校生時代の行状までを知っていく。可愛がってくれていたという祖母が亡くなったのが心のゆがみのきっかけだったのだろうか、とか、父親の期待通りに歯学部へ進めなかったというのが遠因だろうか、とマスコミに登場する識者やコメンテーターと似たりよったりのことを考えてみたりもする。

しかし、それらの人々とは違う興味もあるのだった。

それは、犯人の気分である。

好きになった女性に、つきまとい、無言電話をかけ、ジワジワと追いつめていく時のその青年の気分はどんなものだったのか。その時、勃起《ぼっき》していたのだろうか。

そんなふうにしか女性との関係が持てない理由は、ある種の苛立ちであろう。その苛立ちは、ストーカー行為によって癒《いや》されたのかどうか。

そしてついに相手を殺し、性器を切り取った時にはどんな喜びがあったのか。

なぜそんなことをしたのかの説明は、小説家にはいらない。それはどんなだったのか、が知りたいのだ。どう変形した心が、それによってどうざわめいたのかを知りたい。

心のねじれは、この時代を生きる人間のすべてに大なり小なりあると思うからである。

そのねじれと向きあっていきたい、それが小説家のすることだ、と中澤は思う。

おれは、この事件のおこる前に、快楽殺人をする青年を主人公にして小説を書きたいと計画していたではないか。そこから、現代人の苛立ちが見えてはこないかと。

だからこの事件にこんなに気を引かれるのだろうか。

つまり、この事件はおれの頭の中にもあったということなのだろうか。

中澤の妻の和子がこんなことを言ったのは、ストーカー殺人のあった二週間後のことだった。

「いやんなっちゃうわよ。ストーカーだなんて言うんだもの」

「どういうこと？」

中澤は社会的な事件が自分の周辺に影響を及ぼそうとは夢にも思わずにそう尋ねた。

「有実《ゆみ》がストーカーされたんだって」

いきなり自分の娘の名前が出てきて、ギクリとしたのはまあ当然のことであろう。

「なんだそれ。本当のことなのか」

娘の有実は小学校の四年生である。どちらかと言えば小柄で成長の遅いほうだから、十歳になってもまだ幼児という印象しかない。その娘とストーカーという言葉がどうにも似つかわしくない気がした。

「学校の帰りに、男の子に家まで尾行されたんだって。はやっているらしいのよ、ストーカーごっこというのが」

「悪趣味なごっこだなあ」

「でも本人はまんざらでもないような顔をしてるわよ」

男親として、中澤はなんとなくいやな気分を味わった。

「尾行してきた相手のことはわかっているのか」

「隣のクラスの男子だって言ってるわ。名前も知っているんでしょう」

「わかってるわけだな。そういう男子に、家を見られたってことか」

「それだけよ。だけどそのことを、ストーカーされちゃった、なんて言うところが今の子だわよ」

「楽しんでるのか」

「私、クラスの中でも人気のあるほうだから、なんて言ってるわ。まだ子供なんだけど、それなりに異性のことを気にしたりする年頃なのね」

中澤はなんとなく不機嫌になると同時に、十歳の子供として生きることはもう社会と無関係ではありえないのだ、という感想を抱いた。

確かに、そうであるに違いない。

「注意してなきゃいかんよ」

「注意って？」

「夏休みに入るだろう。そうすれば時間が自由になるし、子供なりに解放された気分にもなるだろう。ストーカーごっこがエスカレートするかもしれない」

「気をつけてるわ。今のところ有実は、なんでも親に話す年頃だからその点は心配ないの」

うん、と言って中澤としては黙るしかなかった。

あんな子供が異性になんとなく興味を持って、何をどのように望むんだろうと考えてみるが、具体的イメージが思い浮かばなかった。

そんな子供でさえ、ストーカーという言葉は使うわけだ。どことなく刺激的で、まがまがしいムードのあるところが魅力なのだろう。もちろん子供にだってそういうことは伝わっている。

「それにしても、ストーカーとはなあ。そんな言葉が流行しちゃえば、それをやってみようというバカな人間も出てくるんだろうな」

「流行だからってことで？」

「うん。犯罪史にはよくそういうことがあるじゃないか。集団リンチ事件とかさ、劇場型犯罪とかさ、幼女誘拐とか。ある時その言葉がマスコミで大いに使われて、確かにそういう犯罪がたて続けにおこったりするんだ。あれは、それが多発するからその言葉が多く使われるわけだよ、本来的には。でも、その言葉が注目されているから、自分もやってみるというバカもいると思うな」

「先に言葉がはやって、あとで事件が出てくるということね。うん、そういうことってあると思うわ。いじめだって、校内暴力だって、世間で大いに言われると、次から次へと出てくる感じよね」

「大いに注目されている時だから、細かい事例まで報告される、ということはもちろんあるだろうけどね。はやってなければ注目されず報告もされなかったことまでが、人の耳に届くんだろう。ブームというのはそういうことだから」

「その言葉があれば、気がつきやすいってこともあるわよね」

「うん。まあそういうことだ。でも、それとは別に、言葉があるからこそ、事例がそれを模倣するということもあるんじゃないかと思うんだよ」

言霊説《ことだませつ》だな、と中澤は思った。ストーカーという言葉が流行することによって、ストーカーは出現する。

そこまで思うのはちょっと大胆すぎるか、と彼が考えていると、和子は思いついたようにこう言った。

「でも、ストーカーという言葉がなかった頃でも、そういうのはいっぱいあったわよ」

「尾行されたり、監視されたりか」

「うん。女性ならほとんど誰だって一度や二度は体験してるんじゃないかしら。多くは年頃の娘の頃だけど、ヘンに思いつめちゃった男性が身辺につきまとったりするのよ。つきあう気はないから、と言って突きはなしているのに、遠くからいつもじっと見ているみたいなこと、多いのよ。気味が悪くて、やな気分なんだけど」

「あんたにもそういうことがあったの」

「よくあることなのよ。知りあいの男の子がそんな感じだったこともあるし、通学電車の中で見かけるだけの人が、家までついてきてこわかったこともあるわ」

女性にとっては珍しいことではないのだ、と思っていて、中澤はふと自分のことを思い出した。

中学生の頃、片思いの相手だった女子の家の周辺を自転車に乗ってうろついたことがあった。ただその家の窓のあたりを見て、あの中に彼女がいるんだな、と考えただけのことだが、あれもストーカー的行動と言えば、確かにその通りだ。

あんなふうに、思いにかられて無意味な行動をすることは、年頃の男によくあることかもしれない。恋愛ができるようになる前の、うろつき期の行動パターンのひとつなのかも。

ストーカーの要素は誰の中にもある、少なくとも一時期はあった、ということなのだろうか。

とすれば、ストーカー殺人までへの道のりは、すべての人間にとって、そう遠いものではないのかもしれない。

中澤は社会的な一事件と自分との間の距離をますます短く感じた。そして、自分の十歳になる娘もその話題にほんの少しではあるがかかわるのだと思い、初めてその事件を、自分への脅威でもあるのだと受け止めた。


中澤クラスの作家でも、編集者とのつきあいがいくらかはあった。文芸誌の担当者や、単行本化の際に世話になる人など、数えれば十人以上とつきあいがあり、時には歓談する機会がある。

長編連載が完結したとか、単行本が出たとかいっては、打ち上げと称する一席を設けるのだ。場合によっては、うちでも何か書いていただきたく、お近づきのしるしの一席、というようなこともある。

サラリーマンをやめて以来、そんな機会にしか、いわゆる仕事上のつきあい、というものをしなくなっているのだ。たとえ酒の席で小説の話がほとんど出なかったとしても、それは次の仕事のための重要な人間関係である。

中澤は編集者に声をかけられると、よほどのことがない限り都合を合わせてつきあうようにしていた。

ひょっとすると、それは自分がまだ作家であるということを確認するための儀式なのかもしれなかったが。

今年の八月七日のこと。

中澤は三崎書店という出版社の松沼と、高柳という二人の編集者に誘われて銀座へ出た。松沼が、雑誌のほうの担当者であり、高柳が、単行本にする際の担当で、二人がつれだって自宅を訪ねてくることもよくあった。共に中澤よりは六つばかり年上である。

六丁目にあるコーヒー・サロンで待ち合わせをし、カウンター式の割烹《かっぽう》で簡単に食事をすませた。

そこまでで、仕事に関する話はほとんど終っていた。

中澤さんのルポの仕事も、現代に鋭く切りこんだいい仕事だと思うけど、そろそろ小説のほうでも、次のまとまった作品を書くべき時だと思うんですよ。力のこもったやつ、うちでやって下さいませんか。

二人はそういうことを言ってくれたのである。

ありがたいことだった。基本的には、作家の仕事は請負い業であり、注文がこなければ成り立たないのだ。うちで書いて下さいよ、と言われてこそ、現役の作家だということである。

考えてみます、と中澤は答えた。最近、いくつか気になっているテーマがあって、作品にまとまらないかと頭の中でころがしているところなんですよ、とも言った。

気分的にスランプであることには触れない。こういう話を受けて無理矢理にでも自分を仕事に追いこみ、それによってスランプから脱け出すのがうまいやり方だと思ったのだ。

発表の形式はご自由に、と松沼は言ってくれた。長期連載でも短期連載でも、長編の一挙掲載でも好きなように選んでよい、ということだ。

もう少し煮つめてみます、と中澤は言った。作品の形が見えてくれば、どんなふうに書けるかもわかるでしょうから。

食事までの間にその辺の話は終り、あとは談話を楽しみましょう、ということになった。

八丁目の、雑居ビルの九階にある、小さなバーへ行った。そこは以前にも二度ほど高柳につれていかれたことのある店だった。

テーブル席も三つばかりあるのだが、メインは、大きな半ドーナツ型のカウンター席である。七、八人の客がとまれるそのカウンターの中に、高柳とは古くからのなじみであるらしいママがいる。

「中澤先生、お久しぶりですね」

さすがなもので、ママは過去に二度しか来たことのない客のことでもよく覚えていた。そんなことが中澤を、微妙に喜ばせたことは否定できない。

作家として、銀座で編集者に接待を受けているのだ。書きたいことは無限にあるような気がし、いくらでも書けるような気分になっていった。

ひじきの煮物などが出てきて、竹製の割り箸《ばし》でそれをつつきながら、ウイスキーの水割りを飲む。

松沼と高柳にはさまれてすわり、両方からの質問に答える形であれやこれや雑談した。

「ゴミ・ウォーズの話、貴重な仕事ですよね。自分が何気なく出しているゴミが、あんなに大きな問題になっているなんて知りませんでしたよ」

と松沼が言って、しばらくは東京のゴミ問題について話が盛りあがった。その話にはママも積極的に参加した。

ゴミ問題が大きなテーマであるだけではなく、そのことを多くに知らしめることが貴重な、意義ある仕事だという話になっていく。その意味であういうルポルタージュの存在意義はとても大きいのだと。

「中澤さんが書いてるからいいんですよね、あれ。ほかのノンフィクション・ライターではあの味は出ませんから。あんまり読む気のしない、地味なルポになっちゃうだけですよ」

松沼はそんなふうに言った。

「もちろんそうなのよ」

と高柳は熱心に言った。

「中澤さんの仕事は、いわゆるルポとは別のものなんですよね。やっぱりあれは、作家の目で見たドキュメントであり、文学的な価値観に裏打ちされているからこそ、人に訴える力も持っているんですよ。貴重なのはその作家の目なのであって……」

正直に言えば、そういうルポの仕事をしていて、中澤の中にこんなことをしていていいのだろうかという思いがなくはなかった。嫌いではない仕事だからとりあえず楽しんでやってはいるが、こんなことよりも本来は小説を書くべきであろう、という思いが胸の内に常にあったのだ。

だから、二人が中澤のルポの仕事を、作家ならではのものだと認めてくれるのは嬉《うれ》しいことだった。

「当然のことですけど、中澤さんがたとえばゴミのことを調べて書くのだって、根本的には作家としての興味からでしょう」

そう言う高柳に、そうかもしれない、と答えた。

「結局は、ぼくは現代というものをちゃんと見ていきたいと思っているんですね。現代の社会の中に、個々の人間は生きているわけで、その現代とのかかわりの中での人間というのが、ぼくのテーマかなと思っているんです。だから常に社会のほうにも目を配っていきたいんですよ」

そんなことを言いつつ、中澤はその考え方におかしなところはないはずだという自信を持った。おれのテーマはこの時代の中に生きる人間なんだ、と久しぶりに強く確信できた。

松沼と高柳のおかげで、意欲的な方向へ気分転換できたようである。

気分よく話がはずんだ。

酒場での雑談は、あちらこちらへふらつきながら、結局は同じようなところをぐるぐるまわった。時間の流れ方が速くなり、ふと気がつくともう二時間近くが経過していた。

中澤の右隣に松沼がいる。その松沼のむこうに、男性二人づれの客がいつの間にかいた。四十代後半といったところだろうか。夏なのに二人ともきちんと背広を着ていた。

中澤は他の客にまで注意を向けることなく、興の向くままにとりとめなく談話をしていた。他の客の迷惑になるほど騒いでいるわけではなかった。

左の高柳のほうを見て、こんなことを言った。

「だから、テレビのニュースはよく視ますよ。新聞も、四紙とっているんですが、ひと通りは目を通しますね。それで、そういうものから得られる情報から、そのむこうにある真実を考えていくのが好きなんですよ。ある種ゲームみたいな楽しさがあって」

「ニュースのもとになっている真実を想像するってことですか」

「そういうことです。ね、つまり、ニュースってすごくバイヤスがかかってますよ。つまらない細部についてはやけに詳しいかと思えば、肝心のところは何も教えてくれなかったりします。火事があって、二階で寝ていた夫だけは助かったなんて伝えて、なぜ夫だけは二階で寝ていたのかのわけは教えてくれないんですよ。助かった夫がどう言ってるのかも報道しなかったり。そのくせ、ある一定の方向へ感想をリードするようなことは、それとなく伝えるんです。公団住宅の欠陥という方向にこの話はまとめておこうか、なんていうテレビ局が作った結論がすけて見えるようになってたりするんですよ。どんなニュースでもそうです。そういうニュースから、用意された結論ではなく、本当は何があったんだ、というのを考えていくのは一種のゲームなんです。それ、面白いですよ」

「中澤さんらしい遊びですねえ。ニュースのむこうにある真実か」

「真実からは大きくずれちゃってるのかもしれないけど、自分なりに想像して、作ってみるんです。なんか、無意識のうちにそういうことしてますね、これはずーっと昔からですよ」

「つまりその想像こそが、中澤さんの現代の見方ということなんですよ。それは想像じゃなくてやっぱり洞察ですよね」

二人づれの客が、松沼に何か話しかけていた。松沼も小声で応じている。

「だから、事件の報道は熱心に視ますよ。それで、どうも被疑者の言ってることがおかしいなあ、なんてテレビにむかってつぶやいたりね。その妻は嘘《うそ》を言ってるような気がするぞ、とか」

「アームチェア探偵をやってるわけですね。推理はよく当たりますか」

「わりにいい線いってるように、自分では思ってるんですけど」

その時、右から松沼が話しかけてきた。

「中澤さん」

「はい」

「こちらの方たちが、中澤さんの話が面白そうですね、って」

思いがけないことで、首をすくめたいような気がした。

「え。調子に乗ってしゃべってて、なんか恥ずかしいな」

「お二人とも、警察庁にお勤めなんですって。それで、中澤さんの小説のこともよく知っていらして」

中澤はあらためて二人のほうを見た。警察庁という言葉に興味をそそられたのだ。

「ますます恥ですね。専門家の前で素人が偉そうなことをしゃべってたわけで」

二人のうちの近いほうが、いやいや、と言った。

「面白くうかがってたんですよ。さすが作家というのはものの見方が違うな、と思って」

そう思って見るせいか、目つきが鋭いような気がした。

それにしても、警察庁の刑事もこういうところで酒を飲むのか、というのが意外である。

二人が名刺をくれた。少しうろたえながら、名刺を持っておりませんので、とわびる。

名刺の肩書にはこう印刷されていた。

『警察庁長官官房総務課　広報室長
　警視正　○○○○』

もう一人のほうは広報副室長で、同じく警視正だった。

酒の場での、偶然の出会いである。こちらもかなり酔いがまわっているし、むこうもこの店が二軒目で、既に酒が入っているらしかった。その場限りのひとつのグループになって話があちこちにとんだ。

広報室長のほうは中澤の『あくあまりん』を読んでいた。副室長は、それを読んでいないが、中澤の『東京アンダーグラウンド地図』の仕事を知っていた。

警察庁の二人は、中澤に声をかけた時の話に話題を引き戻したがった。

「実際の事件について、たとえばどんな推理をしているんですか」

中澤は、むしろ警察官に直接いろいろなことがきけるチャンスだと、酔いのまわった頭で考えた。

「たとえばあのストーカー殺人事件ですけど、あれについていろいろ考えたりするんですよ。あの事件にはなんとなく興味がありまして」

「あれは、よくわからんところの多い事件ですよ。どうも普通に考えたんでは捉えきれない犯人でしてね」

と室長が言った。

「そうなんですか。それは興味深い証言ですね。週刊誌の報道だけを見ていると、すぐに説明がついちゃいそうな具合ですけど。つまり、父親へのコンプレックスから内に閉じこもるようになった青年の、情欲の暴走による犯行なんだと。大いにそういうことを書きたてていますよ」

「根拠もなしにいろんなことを書きますからねえ」

その言い方からは、職務上の秘密を守るという意識は感じられなかった。ここだけの話ということで、何でも教えてくれそうだった。

中澤は言った。

「たとえばぼくは、犯人が裏ビデオを持っているような人間で、だから情欲殺人を犯したんだ、というような週刊誌の話の持っていき方はおかしいと思います。それを視てるからといって、実際に自分が女性を殺すということには結びつきませんよね。あれは非常に短絡的な分析だと思います」

するとと松沼が、うなずいて言った。

「犯人は何百巻もの裏ビデオを持っていたなんて書いてありましたね。そればっかり視ていたと、決めつけてましたよ。どうしてそんなことまでわかるんだって、思いましたもん」

室長のほうが即座に言った。

「何百巻もありゃしませんよ。せいぜい二、三十巻というところです。レンタル・ビデオ店で借りられる合法的なもののダビング版も混じってましてね。まあ、年頃の青年が持っていて、そう珍しいほどのものではありません」

「やっぱりそうですか。なのにマスコミはそこへ話を持ちこもうとするんですよね。まるで青少年を悪い情報から守ろうと叫ぶPTAのおばさんたちのように、今の乱れた世の中が悪いんだという論調に流れたがる」

室長は、そうなんです、と言ってうなずいた。

「そういうのって、たとえば警察でもついついやりがちな、いちばんイージーな考え方なんですよ。いや私は、その当事者として自戒をこめて言ってるんですがね。つまり、性犯罪なら性犯罪がありますわね。そこまで行かんでも、エロ本の万引きでもいい。それに対して警察官は調書を書きます。エロに興味があって盗んだんだと、ね、まあそうに決まってますけど、そう書くだけじゃ調書が軽いような気がするんですよ。そこで犯人からいろんなことをきいて、何かふさわしそうなきっかけを作るんです。作りがちだ、ということですけど。深夜のテレビ番組を視ていたら女性のヌードが映る番組があって、それに大いに刺激され、もっとよく視たい、そういう写真を所有したいという欲望にかられて、エロ本を万引きしてしまったのです、とね、そう書いちゃうことが多いんです。お話に作りあげちゃうんですよ。わかりやすくて、一応説得力のありそうな話に」

「説明をつけようとするわけですね」

「その調書の中だけで一応成り立つ説明にすぎんのですけどね」

「そうなんですよね。どうも人は、すぐに説明を求める。百人の人間のうち、九十九人が生涯しでかすことのない異常な犯罪に、きいてすぐなるほどと思えるような説明がそう簡単につくはずはないのに、それを求める。マスコミもそれを無理矢理にでも提供する。そのためにかえって、本当のところがわからなくなっちゃうんですよね。何がどう病んでいたのかを、うやむやにしてしまうんです」

「さすがは作家ですね。事件を通して人間の心の問題を見ようとするわけだ」

年長らしい室長のほうは、警察の中のエリートとして、余裕の態度でそんなことを言うのだった。

「わざとセンセーショナルに書きますもんね、マスコミは」

と高柳が言った。

「犯人は死体の一部を食べていた、って書いてたでしょう『週刊真相』では。あんなことどうやって調べたものなのか」

「あれはどう考えてもデマですよね」

と中澤は言った。

「デマだと思います？」

と室長。

「ええ。そういう異常な犯人ならそこまでやるかもしれない、やったほうがより注目される、というところから出てきた嘘ですよ、あれは。食べたとしたって、それもありえないことだとは思わないけど、その場合はあんなふうに一週刊誌のスクープという形では話が出てこないと思うんです。警察には調べてわかってることで、発表の必要があるなら発表するでしょう。一誌だけにリークするなんて変ですよ。あ、これは『週刊真相』がでっちあげたな、と思いましたよ」

「さすがですね。いいとこついてますよ」

室長の警視正にそう言われて、中澤はちょっといい気分になった。人間とはどういうものなのかを考えるのが私の仕事ですからね、ぐらいのことをやや得意気に言いそうになった。

ところがそこへ、副室長が口をはさんだ。

「でも、食べてはいないけど、あいつ、なめてますよ」

「え」

思いもかけない発言だった。

「要するに、すけべ心からの犯行ですからね。殺したのは、そうしなければ欲望が満たせなかったからだし、あそこを切り取ったのは、そこを自分のものにするのが目的だったからですよ。本当は、持ち帰れるものなら全身を持ち帰りたかったんでしょうが、重くてそうはいかないから、あそこだけにしたんです。そして、少なくともなめてますよ、あいつは」

「うわ。かなりおぞましいですよね、それ」

と松沼は言った。そして、好奇心がおさえられなくなったらしく、ついにきいた。

「まさか、本当に犯《や》っていたなんてことは……」

「それはなかったようです」

室長のほうがそう言った。

「すけべ心からの犯行とは言っても、やっぱりそれはちょっと特殊なケースではあるんです。あなたや私の中にもあるすけべ心と同じものが、ああいう犯罪につながったとは言えないわけで」

室長のほうは、副室長よりは事件の見方に慎重なようだった。

この時中澤は、人間の暗部をのぞきこむようなチリチリと背中がかゆい気分を味わっていた。

いろいろ情報に接して、ある程度はわかるような気にもなっていたその猟奇事件が、またしても遠くへ去っていったように感じた。

やはり、わからないことだらけなのだ。自分の心の内にもストーカーの要素がゼロではないことを見つけて、その犯人は私の中にもいる、と尻尾《しっぽ》をつかまえたような気になっているなんて、とんだ早とちりというものなのだ。

本当になめたのだとして、なぜなめたのかは中澤には想像もできぬことだった。

おれは彼のことをひとつも知らないのだ、と中澤は思った。

「井口克巳の精神状態はやっぱりどこか異常なのかもしれません。まともに考えるだけではついていけないようなところがあって」

室長が犯人の実名を出したことに中澤はギクリとした。まるで名ざしで自分の悪口を言われたかのように。

「両親の夫婦関係が、決定的に壊れてますからね。克巳のまだ幼い時に父親の浮気やらの騒動があって、凍りついたような家庭になっているわけです。それで、母親は時々おかしくなって、今も精神科に通っているんですからね。家に放火しようとした騒ぎもあるんです」

知らないことばかりだった。

おれは彼のことを少しも知らないで、それなのになんとなくわかるような気でいたのだ、と中澤は思った。

それは現代人の苛立ちが生んだ悲劇であり、すべての現代人が彼と同じ病気を持っているのかもしれない……。

なんて。

そういうそれもひとつの解釈を、おれはこしらえあげようとしていた。

バーで偶然に警察庁のエリートと口をきくなんて珍しい体験がなければ、何も知らないままに、おれはおれの物語で事実に説明を加えようとしていたのだ。

いつの間にか話題が変っていたが、中澤はうつろな気分になっていて、話にうまく参加できなかった。

その一週間後に、中澤は三崎書店の松沼に電話をかけた。

この間はどうも。あの時、珍しい体験をしましたね、警察の偉い人がいて。あの時の話題覚えていますか、ストーカー殺人事件のことです。あの時の話が妙にひっかかって、忘れられないんです。

「それで、ちょっと調べてみたくなったんですよ。ええ、あの事件のことを」

「小説のための取材ですか」

松沼は期待のこもった声でそう言った。

「それは、調べてみないことにはまだわかりません。とりあえず、ルポが一冊にまとまって、そのむこうに、書くべき小説が見えてくるのかもしれないです。とにかく、自分の力で調べてみることがまず始まりです」

「いいですね。やる気になっているわけですね」

「まあね。そこで、編集部の誰か若い人を、手伝いに貸してもらえませんか。いろいろと関係者に会って話をきいたりしたいんで、手伝ってくれる人がいると助かるんですよ」

「そういうことですか。わかりました。検討してみます。編集部内で相談をして、その後、一度うかがうことにしましょう」

「そうして下さい。その時にまた、今、ぼくが考えていることなどを詳しく説明しますので。とにかく今言えることは、自分で調べて、わかって、それから考えるんでなきゃいけないっていうことです。あの晩のことがあってから、いろいろ考えてそう思うに至ったんです」

中澤は力強くそう言った。

かなり意欲的になっていたのだ。このところのスランプも、もうどうでもよくなっていた。

ストーカー殺人犯を、この手の中へたぐり寄せてみるのだ。解釈はそれからでいい。まずは犯人のすべて、彼がしたことのすべてを知りたい。

中澤は久しぶりに熱中していた。

続いて私は、手紙のほうに目を通した。それもワープロを使ったものだから、筆跡を見ることはできない。だが、読んでいくうちに文面から、「余話」という題名の文章を書いたのと同じ人の手紙であることがわかった。

冠省

先日は、三崎書店のパーティーで久しぶりにお目にかかり、楽しい時間をすごすことができました。あの折、もっとどんどん小説を書きなさいと言っていただきまして、新しい意欲がわいています。ありがとうございました。

本日、突然にこのようなものをお送りしましたのは、あの時私のほうから話題に出しました、犯罪実話をもとにした小説を書こうとしているきっかけになった出来事をお伝えしたくなったからです。あの時、興味があると言っていただきましたので。

私がこのところある事件のことを調査しているいきさつ、特に、ひょんなきっかけで意欲をそそられたのですという、そのきっかけは、ここに書いた通りです。ここに書いてあることは、私の自意識過剰でやや自己批判的になってしまっているところがあること以外は、ほぼ現実にあった通りです。

なるべく自分を客観的に見たかったので、こんなふうに三人称で書いたというわけです。初めての体験でしたが、ちょっと妙な気分のことでした。なんだか、中澤は……、中澤は……、という主語が必要以上に出てきてしまったようで、作家としては気恥ずかしいようなものになりました。

しかしまあ、これもいつか全体をまとめる時にはその一部分になるものへの、第一稿ということで、よしとしておきます。

これをお目にかけるのは、興味があるとおっしゃっていただいたことへの正式のお礼とご挨拶《あいさつ》のつもりです。ああ言っていただいたことで、新たな意欲がまたわいてきました。

調べれば調べるほど、またわからないことが出てきます。私は人の心のラビリンスにとられてしまったのかもしれません。そしてこのところなんだかこんな気がしています。やっぱり私の中に井口克巳がいたのだ、と。

いずれまた、お目にかかっていろいろとお話ししたく思っています。とりあえず今日はここまでに。

不一

中澤博久

須藤《すどう》陽太郎先生

読み終えて私は、髪をくしゃくしゃとかきむしった。なぜかとてもわずらわしい気分がしたのだ。治療師はそういう私の顔をじっと見つめ、何かを探るような表情でいる。その表情もうるさかった。

「どうでしたか」

「どうって……」

「感想はどうなんです」

「こんな変な話に、感想なんてどう持てばいいのかわかりません」

「変な話でしょうかね。書かれていることの意味はわかりますよね」

私は椅子《いす》の背に背中をもたせかけ、小さくため息をついた。なぜこんなわずらわしいことにつきあわされるのだろう、と思いながら。

治療師が黙っているので、しばらくして私は言った。

「この手記のようなものを書いた人と、この手紙を書いた人は同一人物なんですね。中澤とかいう作家です」

「そうですね。その作家のことは知っていましたか」

「いえ、知りませんでした。私は作家のことはあまり知らないような気がします」

「そうでしょうか」

治療師は妙に慎重な声を出した。

「とにかく、今の私はその作家のことを知りません。それから、その手紙のあて先の人、その人のことも知りません」

「須藤陽太郎氏も作家です。中澤氏よりはずっと高名な、先輩作家です」

「それ、私信ですよね。それがどうしてここにあるんですか。あなたがその須藤という作家なんですか」

「そうじゃありません。これは手紙のコピーです。手紙の原本は須藤氏のところにあるのでしょうが、これは写しですから」

そんなものの写しをなぜこの治療師が持っているのかという理由はわからないままだっ

たが、質問するのも面倒だった。ほかにもわからないことばかりなのだ。

「ある殺人事件があって、その事件の犯人にある作家が興味を持ったんですね。そこまではわかりました。でも、そういうことが書かれた文章を、なぜ私が読まなければならないのかはわかりません。作家と作家の手紙のやりとりなんて、私にはおそらく何の関係もないことでしょうに」

「あわてないで下さい」

と治療師は言った。

「あと二、三日、この実験治療は続きます。あわてて何か答を見つけ出そうとすることはないんです。あなたにゆっくりと刺激を与えて、自然に何かを浮かびあがらせようというのがこの治療の狙いなんです」

それは本当なのだろうか、という疑いが私の胸にきざした。この治療師は本当に私を治療しようとしているのだろうか。

これは何かの罠《わな》ではないのか。私を何かとんでもないおとし穴にはめようという巧妙な罠なのかもしれない。

もし罠だったとして、私はそれに対抗するにはあまりに無力なのだ。今の私ほどひとに操られやすい者はいないのだから。

それが私の中にある不安の正体だった。

「では、今日はこのぐらいにしておきましょう。また明日」

治療師は柔らかな口調でそう言った。

四日目（取材記録）

四日目も治療師の服装はラフだった。もう私たちは心を開いてつきあえる仲なんだから、ということをその服装が語っているような気がした。それは気障りなことだった。

医者に対してそんな感情がわくことがある。さあ私はあなたの味方なんだから心を開いて下さい、というような顔を、態度を、医者がする時だ。私には何も警戒せず心をゆだねていいんですよ、と親友のように接近してくる。

それがかえって罠《わな》のように思えて、あとずさりしたくなる。

「今日読んでもらうのは、ある取材の記録です。小型の録音機で証言を集めて、あとでテープ起こししたものですね」

またしても、とじられた紙の束だ。手記だろうが取材記録だろうが、ワープロで打ってプリント・アウトしたものなのだから形式はほとんど同じである。

私は言った。

「これを読むのは私の治療のためですね」

「もちろんそうです」

「これを読んでいけば、私の失われている記憶が取り戻されると言うんですね。つまりそれは、ここに書いてあることが、何らかの形で記憶を失う前の私に関係している事柄だということですか」

「そういうふうに意図的に考えないで下さい」

と治療師は言った。

「理詰めで推測していって結論を導き出してみても、それは記憶の回復にはなりません。そうじゃなくて、脳を刺激していくわけです。その中から自然に思い出していければいい、というのがこの治療の狙《ねら》いです」

「まだるっこしいですね」

「でも、そのやり方しかないんです。あなたはどういう人間で、どんな生いたちを持ち、どんな生活をしていたか、というのを、わかっている範囲で教えたとします。そうすれば、そうなのか、と納得はするでしょう。それが私の名前であり、住所や年齢はそれか、と。でも、それは記憶の回復にはなっていません。知っただけで、思い出したわけではないんですから。だからこの治療に対しても、真相を知ろう、とは考えないほうがいいんです。わかろうとするんじゃなく、思い出せるだろうか、という気持でいて下さい」

私をいじらないでくれ、というような強い思いがわいた。医者や治療師に対して、記憶喪失患者がそういう思いを抱《いだ》いていることを彼らは知っているだろうか。

彼らは思い出させようとする。しかし、思い出すことに対しては怯《おび》えがあるのだ。すべてを思い出した時、いったい何が見えるのかと考えると恐怖心がわいてくる。このまま何も思い出さないでいい、と逃げ腰の気分になるのだ。

だが、そう言うわけにはいかない。私たち患者に、治療をこばむ権利はないのだ。

「また、あの事件についての取材記録ですか」

私は治療師の手の中の紙の束を見てそう言った。

「そうです。読んでみて下さい」

読むしかない。少々うんざりするような気分になっていたとしても。

いちばん上の紙の冒頭に、取材記録、と標題がつけられていた。

取材記録

〈A―1「池部勲治」のうちの4〉

なんか、ちょっといやになってて、考えたんですよ。今日のこのことですよ。中澤さんに会うの、よせばよかったかなって。

おれ、あんまりもう思い出したくないんですね。それは、誤解されたくないんですが、彼女のことをじゃないですよ。彼女とのいろんな思い出は、おれの中に大切なものとしてあるわけで……。悲しいことですよ、今、思い出って言ったわけなんですよね。彼女のことはもう思い出なんですね。

だから……、彼女のことは忘れませんよ。いっしょにしたいろんなことを、胸に抱いていくんだと思います。

だけど、あの事件について、彼女が、真奈美が、どういうふうにああいうことになっていったのかというのを、何べんも考えていくの、もういやなんですよ。それをいくら考えても、彼女が戻ってくるわけじゃないし、気持が……、心が苦しくなるだけですから。

――でも、何が彼女を殺したのか、というのははっきりさせたいでしょう。それをはっきりさせないと、彼女の死がうやむやになってしまって、彼女の生までうやむやになってしまうと思うんですよ。

そういうの、わかるんだけど、わからない気もするんですね。何が真奈美を殺したのかって、それ、ある意味では明白にわかってることじゃないですか。井口っていうあの頭のおかしな大学生が殺したんですよ。それ、おれが言うの変ですかね。でもそういうことですよ。それはもうくっきりとした事実ですよね。あいつのコンプレックスだらけの欲望が、彼女にふられて狂っていって、ああいうことになっちゃったわけでしょう。

週刊誌に書いてあるぐらいのことしかおれも知りませんよ。テレビのニュースで移送されるところ見ても、頭から何かかぶっていて顔見えませんでしたし。週刊誌で写真見たけど、顔の印象は薄かったです。だから、ぼんやりとしたイメージですね。でも、そいつが彼女を殺したわけです。おれには、そのことだけがめちゃくちゃ、意味大きいだけですよ。この気持は、なんか、うまく言えませんね。ものすごく取り戻したいけど、それはできないことですし。

とにかく、彼女はあの男の、まあ、ある意味では病気なんでしょうけど、病気だからって納得することは絶対にできませんけど、そのせいで殺されたわけです。真奈美のほうには殺されなきゃいけない理由はなんにもなかったんです。全面的に相手の問題ですから。詳しいことは知らないけど、井口は精神がおかしかったんだから、病人なんだから、罪には問えないっていうようなこと、言う専門家がいますね。それも週刊誌ですけど。それはおかしいだろう、と思いますねすごく。いくらなんでもそれは、冗談じゃないと思います。

責任ってあるでしょう。生きてれば、誰だって生きてるからには責任ありますよ。病気がやったことだからと言うかもしれないけど、そんな病気になった責任がありますよ。そんな病人をほっといた責任はありますよ。空から、星が落ちてきて、隕石《いんせき》が落ちてきてぶつかって死んだんじゃないんだから。

それが、マスコミはわかってないんですよね。責任は問えますよ。問わなきゃ世の中こわれますよ。

処罰はできない、と言われるんならまだわかるんです。不服だけど、それはしょうがないかもしれないと思う。だけど、罪はない、というのはね、それはいやですよ。罪は絶対あるわけでしょう、やったことへの。

それをうやむやにされるのは絶対に許せないですね。それだけは、おれが真奈美のためにもきちんと見届けてやらなきゃと思います。

——あの時こうしていれば彼女は殺されずにすんだのに、と考えることありますか。

初めの頃は、それればっかり考えてましたね。おれがどうしていれば、そんなことにならずにすんだんだろうと、いろんなことぐるぐる考えちゃうんです。

あの日、ちゃんと約束通りに真奈美に会ってれば、というのはないですけど。おれが約束してた時間は六時だから、その時間に行っても同じことだったわけだから。でも、たとえばおれが、五時に、今日行けなくなっちゃったって、電話してたらああはならなかったかもしれないとか、考えますよね。

おれが電話したの、五時四十五分ですよ。もしそれが五時だったら、彼女出ますよね。行けなくなっちゃったって言ったら、彼女怒ったかもしれないですよ。怒って、やけになってどこかへ遊びに出たかもしれないでしょう。それとか、買った料理の材料がもったいないから、誰か友だち呼ぶかもしれない。そしたら、なかったのに、と思います。

それとか、少なくとも五時半に犯人が来た時に、用心してドアにチェーンかけてたかもしれませんよね。あれは、おれがちょっと早めに着いたんだと思って、パッと開けたのかもしれないでしょう。

そういうこと、ぐるぐると、考えてばっかりでしたよ。おれがどうしていればあんなことはなかったとかって。

でも、そういうふうに考えるのはもうやめました。それ、こっちが被害者なのに、こっちが悪かったと考えることですよね。それは加害者が悪くなかったと考えちゃうことでしょう。それはちょっとおかしいなと思うんです。

井口が悪いんであって、彼女とか、おれとかが何か間違ったことをしたからああいうことがおこったんじゃないわけですから。

そういう考え方してったら、真奈美にも責任があったとかいう、無茶な話にだってなるわけですよ。初対面の時に親切にしなけりゃよかったんだ、とか、電話がかかってきた時に、お前なんか大嫌いだと言わなかったのが悪いとか。

冗談じゃないですよね。彼女は被害者で、悪いのはあの犯人に決まってるじゃないですか。やったほうが悪いのであって、やられたほうは、責められたり反省したりしては、二重にひどい話じゃないですか。

そういうようなこと、案外みんな言うんですよね。他人とかは、めちゃめちゃ的はずれなこと言って、自分が今のところまだ殺されてないのは自分は間違えてないからだ、とか言って、自慢顔したりするじゃないですか。

強姦《ごうかん》されたのは、女のほうにもスキがあったんだ、みたいな言い方ですよ。夜道を歩いたのが悪いとか、そんなファッションで魅力的だったのが悪いとか、よくそういうこと強姦されてない人間が言うよな、って話でしょう。

そんなもん、何だろうが強姦した奴《やつ》が悪いんじゃないですか。だから、やられたほうにも悪いところがあったって言うの、いやなんです。

だからあのことを、自分のせいみたいに考えるのはやめたんです。

——真奈美さんのことを教えてくれませんか。いろんな人から話をきいてますが、まだよくわからないんですよ。ぼくは写真で見て彼女の顔を知ってるだけで、会ったことはないですから。いったいどんな女性だったのか、というのを少しでも知りたいんです。

普通の……、今の、独身の女性だったですよ、大きく言えば。つきあっていたおれにとってどんな恋人だったのかというのは別にして、若い女性としては今風の普通の人間だったでしょうね。

顔は知ってるんですね。どんな写真を見たんですか、笑ってました？

——いや。

笑ってる写真のほうが彼女らしいんですよね。どちらかというと、面白いことの好きな明るい人だったから。

人当たりがよくて、会社でも上司なんかに可愛がられるほうだったみたいですね。特別にバリバリやるってタイプでもないけど、あの子がいると課が明るいと言われるような、なんて言うか、職場の花だったようです。

それで、その半面、古臭いところもあったりしました。三人で写真を撮っちゃ悪いことがあるからダメとか、茶碗《ちゃわん》に箸《はし》立てるなとか、変なことよく言われましたもの。それはおそらく、田舎《いなか》でおばあちゃんとかに言われて育ったんでしょうね。おばあちゃんの話は、もう亡くなってるんだけど、よくききました。

だから、現代の普通の女性で、よくあるでしょうそういうタイプ、ドライブも好きだしスキーも好きだし、カラオケもやるし、仕事はまあそこそこでよくて、クリスマスは恋人と過ごしたいと思うような、今の女の子ですよ。それに、ちょっと特徴的だったのが、変なとこ古臭くてちょっと頑固という人です。

結婚にはあこがれてるようだったけど、占いを信じる人だったから、占い師に言われて自分の結婚は二十六歳らしいとか言ってました。

――池部さんは彼女と結婚したいと思ってましたか。

まだ、そこまではわかってませんでしたね、正直なところ。その話は出たことなかったし。

でも、そうなるのかな、というぼんやりした予感みたいなものは持ってました。今じゃないけど、とりあえずいい感じでつきあってるんだし、これがこのまま続けば、お互いに相手がかけがえのない存在に、なっていくのかなあという予感です。

わかりませんけどね。こうなっちゃった今は、彼女のいいところしか思い出せないわけですから。

——二人が知りあったきっかけはどんなふうだったんですか。

知人の紹介です。てゆうか、二人がそれぞれ、知人の企画したスキューバ・ダイビングの旅行に誘われたんです。去年の夏、サイパンへそのために四泊六日の旅行して、おれは大学の時の友人に誘われて、彼女は、そいつの恋人があっちの短大時代の友だちだったんで誘われて、そこで会ったわけです。

そこでお互いにいい印象持って、帰ってきてからつきあいが始まったわけです。

なんか、夢みたいな気がします。

たった一年間のことなんですよ。それで、人生にすごく深くかかわって、で、いなくなっちゃったんですから……。

彼女のね、声が頭の中に響くんですよ。なんでもない時にふっ、とね。どっか遊びに行こうよ、とか、おいしいもん食べたい、とかの、よく言ってた言葉がきこえるような気がして、動作がピタッと止まっちゃうようなこと、あるんです。

それまであったもんを失ってみて、初めてそれの価値がわかるっていうこと、ありますよね。まさにそういう感じなんです。

つきあってる間は、なんて言うのか、つきあってることで満足してるようなとこ、ありますよね。そういうふうに自分といい仲になってくれる相手だから、いて嬉《うれ》しいというような、自分の側からの見方もするじゃないですか。

それがすごく一方的なことだったんだなという気がするんですよ。結局、おれは彼女のことどのくらい知ってたんだろう、という……。

あたり前のことですけど、おれの知ってる彼女は、おれにかかわってる時の彼女だけですよね。それでおれは、おれとのかかわりにおいて、感じがいいなとか、よくしてくれるとか、可愛いなと感じてただけですよ。

彼女そのものが、どういう人間だったのかというのは……。

だから中澤さんにきかれて、彼女はどういう人だったですかって言われると、おれにはいい人だったとか、おれとはこういう仲でした、みたいなことしか言えないです。ほかは普通の人でしたなんて、答になっていませんよね。

きかれて話してて……、おれ、びっくりしてるんです。

真奈美はどういう人間だったんだろうというの、おれ、考えてないんですよね、ほとんど。おれとつきあってる彼女だっていうふうにしか、見てなかったんだろうか、と思えてきました。

本当の、てゆうか、おれとつきあってること以外の、彼女はどういう人間だったのか、それはまだ知ってなくて、これから知っていくことだったのかもしれません。

そういう気がしてきました。

これから知っていくって、それはもう、できないんですけど。

——それはちょっと考えすぎで、やっぱり池部さんが彼女のことをいちばんよく知っていると思いますよ。恋人同士というつきあいがあったんですから。

一年間ですよ。一年分の、彼女と会ったりしゃべったりした分の、考えるための材料しかないわけです。ホテルに泊ったとか、彼女の部屋に泊ったとか、それはありますよ。でも、寝てるから相手のことが全部わかるということではないですよね。

——それは、そうでしょう。

人間のことを、完全に知るには一年間の、その中で何度も会った、ドライブもした、スキーにも行ったというだけでは、材料が少なすぎるんです。

そうなんですよ。

おれが今、何かを大きく失ったという、くやしいような気持で、すごくうろたえちゃってるのは、もう彼女のことを知ることができないからですね。

まだほんの少しのことしか、彼女についてわかっていなかったのに、もう新しく知ることはできないんです。それが要するに、たまらないことなんですよ。

悲劇って、つまりこういうことになってしまったことの、苦しい悲劇の部分は、もうその人をこれ以上知れないという、それなんですね。もっと彼女のことを……、知りたかったですよ。すごく、知りたいですよ。

〈**B—4「吉本浩介」のうちの1**〉

これ、取材して本にするんですか。

——その可能性はあります。しかし、取材の結果如何《いかん》であって、絶対にそうなるとは約束できません。

してもいいけど、ちゃんと本当のこと書いてほしいですよね。しゃべったことの一部分だけ利用されて、別の話にされちゃうの、いやな感じですから。

——そういう体験をした、ということですか。取材されて、誰かの考えを表現するための道具に発言を利用されたという。『週刊文殊』の記事のことですか。

まあ、そういうことです。あんなふうに書かれるとは思ってなかったです。

——その話、詳しく教えて下さい。『週刊文殊』の記者に話をきかれたんですね。そして、言ったのとは違うことを書かれた。どう変えられたんです。

まず、名前からして違います。吉川陽介くん、ってそれ誰のことなんだ、ですよ。まあそれは、カッコして仮名、と書いてあるわけだから、ああいう記事の約束事なんでしょうけど。でも、こっちは別に名前を公表されて困るようなことは言ってないつもりですから、記事見た時はやな気分でしたよね。ああいうふうに書かれると、なんか他人の秘密をチクッてるみたいじゃないですか。気分悪いですよ、そういうのは。

——なるほど。それで、話の内容も変えられてるわけですか。

変えるどころじゃないですよ。あれ、本当は一時間くらい話をしたんですよ。それなのに、そのほとんどを無視して、都合のいいところだけつぎあわせて、話を作っちゃってるところもあります。

——はっきりさせておきましょう。きみが取材されて、『週刊文殊』に掲載された談話というのは、井口克巳が二重人格じゃないか、という部分ですね。浪人中の井口克巳が、きみに対して、本当のおれはこんな人間ではない、と言ったという話です。本当の自分はもっと強くて、表面上のおれとは別人なんだ、と言ったって話。あの話が、井口克巳二重人格説の大きな根拠になっているんだけど、ああいう話はしてないの。

してませんよ。だっておれ、あの記事読むまで、精神の病気で本当に二重人格とか、多重人格とかいうのがあるなんてこと知りませんでしたもん。そんなの、マンガの中の話だと思ってたくらいで。

おれ、むしろ違うことかなり熱心に言ってたんですよ。記者が、なんか、決めつけてきいてくるような感じがしたんですよ。きみは高校時代や、浪人時代の彼を知ってるわけだけど、やっぱりその頃から異常な感じがあったんでしょう、という感じに。

ああいう殺人をするぐらいの奴だから、前々からおかしい人間だったに決まってる。どんな異常さがあったか教えて、って。

それがやだったんですね。そういうふうにひとのこと異常だなんて、言えないじゃないですか。

――その通りだね。

確かに、どっちか言えばネクラ・タイプでしたよ。あんまり友だちもいない感じの。でも、高校で異常な目つきで女子の更衣室をのぞいたとか、動物を虐待したとかなんて、してませんよ。そんな奴いるわけないでしょう、普通。

――そういう事実はないかって、きいたわけね。記者が。

ええ。それで、浪人の時はどうだってきくから、浪人中は誰だって暗い気分で、少しは精神おかしくなってますよ、と言ったんです。

だからむしろおれとしては、浪人中にマトモな人間はいませんよ、ということを言ったんです。

誰だって、みんな変ですよ。自分はダメな人間だ、っていう気がして、ひとと話なんかしたくないし。

それで、社会からしめ出しくってるような気がしますよね。お前たちはこの一年間、まともな人間とみなしてやらない、みたいな。

社会的存在じゃなくて、落ちこぼれで、檻《おり》の中に集められてるような感じですよ。

しかも、ほかのことには目もくれないで、とにかくこれをやれ、ということで、机の上に勉強科目があるわけですよ。どんなに息苦しくても、これやる以外にお前たちは自由なんかなし、って言われてるのと同じです。そういうやな気分で毎日過ごしてて、明るい青春してる奴なんかいるはずないじゃないですか。

おれもそうだし、井口だって、なんとなくイライラしてましたよ、浪人中は。

——予備校の屋上で話をした、という事実はないんですか。そこで、もう一人の自分についての話をきいたという……。

それは本当にあったことです。その話を記者にしたら、ああいう記事になったんです。つまり、話の持っていき方が、逆にされちゃってるんですね。おれが言ってたのは、その、あなたは、週刊誌の記者のことです、あなたは、彼にはまともじゃないような凶暴性とか、なかったかと言うんだけど、浪人中には誰だって、そういうムカつくような気分がありますよ、って。自分が今、世の中的に言ってみっともない状態だというのはわかってるわけだから。それに対して、今の自分は本当の自分じゃないんだ、本当のおれはこんなもんじゃないんだっていうような気持が、浪人にはあるということ、言ったわけですよ。浪人全体についての一般論としてですよ。

そういう話をしたら、彼にもそんな考えがあったようですか、ってきくから、屋上での会話のことを話したんです。

その時井口が言ったことは、だいたいまあ、あの記事に書かれていた通りです。だから、でっちあげ記事とは言えないかもしれません。だけど、ニュアンスが違います。

あの時井口が、ちょっと落ちこんでて、くそ面白くねえなという気分でおれに言ったことは、本当の自分を出せないことがくやしいな、ということです。この立場じゃあ、模試の成績もむしろ下がっていくような状況じゃあ、じっと身を縮めてるようなことしか許されてないわけで、それがいちばんムカつくことだよな、って。

本当のおれはこんなんじゃないんだよ、と言いました。もっと明るくて、力強くて、決断だってきっぱりしてて、そういう逞《たくま》しい人間が本当のおれなんだけど、今はそれが出せない時で、それがいちばんいやなんだって。

もちろん、ちょっと泣きの入ってるグチですよ。だけどおれも同じ立場だから気持はわかるから、きいてました。どんどん言わせるようにしてたぐらいです。それで、井口はかなり熱心に言いましたよ。理想の自分についての、景気づけのホラみたいなことを。

だけどおれとしては、こいつ二重人格なんじゃないか、なんて思ってません。ところが記事の書き方で、ああなっちゃうんですね。

こいつ、何を言いだしたのかと不気味になりました、とか書けば、印象がいきなり、あいつはおかしかった、というほうへ持ってかれちゃうんですね。それで、おれの話がもとになって、多重人格のことへ論点が移っていって、医者が出てきて説明するわけでしょう。

記事をどういう方向へ持っていくかは先に決めてあって、そのためにおれに一時間も話をさせて、都合のいいとこだけつまんで利用されたわけです。そういうのが週刊誌の記事の作り方なのかって、よくわかりましたけど。

——はっきりさせておきましょう。きみの知る限りでは、井口克巳に二重人格のような様子はなかったんですね。

ありません。そんなの、すごく珍しくて、みんなの話題になっちゃうことじゃないですか。そんな奇妙なことは、見たこともないし、ひとからきいたこともありません。

——では、あらためてききます。井口克巳が今回の殺人という行為をしたことは、まあ、報道されている通りだと思うんです。好意を持った女性に、いわゆるストーカーとしてつきまとい、相手をある種独占するために殺したわけです。それから、死体から体の一部を切り取って持ち帰ったというのも事実です。まあ、普通に考えて、異常な犯罪ですよね。親友というわきみはその井口と同じ高校にいたし、浪人して通った予備校も同じでした。親友というわけではなかったかもしれないけど、その頃の井口を知っていますね。そこできくんですが、高校時代や浪人中の彼から、今度の事件へのつながりのようなものは感じていましたか。つまり、その頃から彼にはこういうところがあり、それが今度の事件に発展したのだろう、というようなことは言えますか。今度の事件と、きみの知ってる彼とはつながりますか、という意味ですが。

そういうのって……、答えられるんでしょうか。ある事件の犯人が、それまでずーっと、いかにもそういうことやりそうな人間として生きてるものだろうか、と思うんですよ。人殺しをする人間は、子供の頃からいかにも人を殺しそうな奴なんでしょうか。そうじゃないような気がするんです。そういう人間でも、ほとんどの面ではひとと変らなくて普通に見えると思います。

それが、何かのねじれから、ある時ついにやっちゃうんでしょう。その時に、それまでのその人とは別のものになっちゃうんじゃないでしょうか。

どういう人間だから犯罪しちゃう、とは言えないと思うんです。高校時代の彼は、そんなことやるとは思えない、ちょっとネクラな男だっただけです。

それが、どこかで狂って、変っていっちゃったんでしょう。

だから、おれだって十年後には犯罪者かもしれませんよ。何があってどう狂うのか、わかりませんから。でも、そうなるために今、おかしな奴として生活してるわけじゃないですよ。そんなの、つながりませんよね。

性格とかを、言うことはできますよ。短気だったとか、自己中心的だったとか、思うようにならないとヒステリーをおこしたとか。これ、井口のことじゃないですよ。そういう人もいて、そういう性格を言うことはできるんだけど、その人が後に犯罪をやったとして、やった理由に性格を結びつけるのって、めちゃでしょう。短気でも犯罪はしませんよ普通は。

だから、こういうふうにしか答えられませんよ。井口は昔から人を殺しそうな奴だったかときかれれば、そんなこと全然考えられませんでした、ですよ。

それで、じゃあ井口がやったのは信じられないくらい意外なことかときかれるなら、答は、そうとは思いません、です。

人間って、何をやるかわかりませんから。

変ですか、おれの言ってること。

〈C―1「鹿石由美」のうちの3〉

お葬式の時に、初めて真奈美のご両親を見たんですけど、そりゃあたり前のことですけど、すごいショックを受けてらして、二人とも小さく見えたんですよ。うなだれちゃってて、背中も丸まってましたから。それでどうしたって、いつもよりお年寄りっぽく見えちゃいますし。そう言っては悪いけど、田舎の貧弱な老夫婦みたいに見えますよね。

それ、意外でした。なんとなく、真奈美の話から別のイメージを持ってたんですね。

真奈美、短大の頃からわりに実家のこととか言う人だったんです。彼女いつも、家のことを田舎だと言ってました。ものの考え方とかがどうしようもない田舎で、うんざりしちゃうくらいよ、とか。だから私、宇都宮には帰りたくないのよって、いつも言ってました。

だけど、その田舎ではいい家なんだろうなって、彼女がそう言うわけじゃないけど、感じてたんです。小さな会社だとしても、社長をしているんだし、同業者の組合の理事もやってて、肩書が十以上あるのよ、とか言うし。

それから、お兄さんの縁談の話もそんな感じでした。お兄さんが恋愛してるんだけど、その相手では親も親戚《しんせき》も認めないから、恋愛もうまくいかないんだって。

お兄さんは、あっちのいちばんいい男子高校を卒業してるんだそうです。それで、あっちのほうでは、そこから先の大学や短大のことはあんまり問題にしなくて、それよりも、出た高校が大事なんだそうです。いちばんの男子高を出た男にふさわしいのは、あそこでいちばんの女子高を出た女の子でなくちゃいけなくて、そうじゃない人と結婚したらもう、つりあわない格下の相手とくっついたもんだ、とか言われるんですって。

いっそ、まるで違うよそからお嫁さんをもらうというんなら、そういうこだわりはないんでしょうけど、同じ県内の人と結婚するとなると絶対にそういうこと言われるんだと言ってました。それで、お兄さんの恋愛相手が、ずーっと下のレベルの女子高を出てる人だから、その話はまとまらないのよ、とか言うんです。

そういうのって、なんとなくいい家柄なんだろうなとか、思うじゃないですか。それは短大の時からずっとそうでした。真奈美って、多分意識してだと思うけど、そういうことチラチラほのめかすんですよね。だから、すごく立派なお父さんとか、こっちも想像してたんですよ。その地方では名士だみたいな。

それが、ちょっとイメージ違ってたんで、意外でした。おいおい話が違うぞ、って感じで。

あれですよ、そんな、いつも真奈美が家柄のことを鼻にかけてたとか、そういうことではないんですよ。

たまに郷里の実家のことが話に出た時には、ついつい、ちょっとよさそうに言っちゃうのって、地方から来た人の習性ですよね。自分の田舎のことなんかあんまり人に言いたくないんだけど、言うとなると、庭に木が五十本もあるとか、池があって錦鯉《にしきごい》が泳いでるとか、必ず言うんですよね。

そういう話になった時以外は、真奈美、普通に派手な、今の女の子でした。どっちか言うと、ブランド志向とか強かったですね。

ブランド品、好きだったです。短大の時にもう、シャネルとかグッチとか、いっぱい持ってましたもん。全身それぱっかりというような、バブリー人間ではなかったけど、ポイントはおさえてるんですよ。

そのくらいには家から小遣いがもらえてたってことですね。それで、評判のアミューズメント・スポットとか行ったり、雑誌で紹介されてるレストランへ行ったりするの、大好きでした。そういうことにはくわしかったんですよう。今、どこへ行くのがおしゃれなのかっていうようなこと、すごく知ってて、そんなことばっかり言ってたんですから。

そういうとこはちょっと、亡くなった人を悪く言うんじゃないけど、地方出身の人だからガツガツしてるのかな、っていう感じありました。

真奈美のいいところは、この前ちゃんと言いましたもんね。正義感が強いとか、よく気がまわるとかのこともちゃんとあって、人間ですから、ミーハーな面もそれとは別にあったんです。

それはやっぱり、地方出身だっていうことからくる、東京の楽しいところ全部味わわなきゃっていう、執念みたいなもんだと思うんですよ。

真奈美って、地元の人と結婚するのは絶対いやだって言ってたし、この先も宇都宮には絶対帰らないって言ってたんですよ。だって私には東京が合うんだからって。

田舎には面白いことが何もないし、家に帰っても地味臭くてつまらないし、もう私には帰るところはないの、なんて。

それでて、その実家が千坪も土地持ってるの、とか、会社やってて従業員が六十人もいるの、とかのことはチラチラほのめかすんですよね。出てきた人って、どうしてもそういうの引きずってるじゃないですか。

これも、悪口みたくなっちゃうけど、お金にはきっちりしてましたよね。みんなで食べたりすれば端数までちゃんと割り勘にするし、男の人にはごちそうになって当然と思ってるみたいだったし、なかなかがっちりしてましたよ。まあ、女性としてはよくいるタイプかもしれないけど。

ゴールデン・ウイークに、温泉行ったというのはこの前言いましたよね。それは短大時代のつきあいの、真奈美と私と、あと、沙知恵《さちえ》って子と、ノブちゃんの四人で行ったんですね。その時に沙知恵が、ペナントとか、通行手形みたいな、つまんないお土産《みやげ》を買いたがる子なんですよ。わー、これも可愛いからほしー、みたいな感じに。それで真奈美、説教してましたもんね。そういうふうに気分のまんまお金を使っちゃいけないのよ、とか。意味のあるお金を使うようにすれば、使っただけのお金はまた返ってくるんだからって。

夜中に酔っぱらってそんなこと熱心に言ってるんですよ。あれ見て私、やっぱり親が社長やってるような人は言うことが企業家みたいなんだって思いましたもん。

それでその時に、つきあってる彼の話も少し出たんです。名前までは言いませんでしたけど、二十六歳のシステム・エンジニアだというのはききました。それって何やる人なの、ときいたら、コンピューターやる人よ、とか。

彼がいることは、嬉しそうでしたよ、やっぱり。前の彼のことも知ってますけど、まあ、そういうことは言わないほうがいいですもんね。とにかく、彼がいて、うまくいってるのは女としてうらやましい話で、きかされてやんなってきちゃうぐらいですよ。

ところが、ちょっと不服そうに真奈美が言ったのは、その彼があんまりお金持ちじゃないのよね、ということでした。まあそうですよね。二十六歳のサラリーマンがお金持ちのはずないですもん。コンピューターやってるって言っても、要するにサラリーマンですもんね。

きいてて、そういうとこが真奈美なんだよねえ、と思いましたよ。多分、コンピューターの仕事してるというのがいいんですよ、きっと。すごく今の、これからの職業だっていう感じあるじゃないですか。システム・エンジニアなんて、言葉だけでも時代の先端みたいですよね。そのこと、好きになった理由のひとつだと思うんですよ。

それでて、あんまりお金持ちじゃないことには不満感じてるんですね。そういうところまで、ブランド志向があるような気がしません。

そういう人多いですけどね。

別に、真奈美が変っていたとかいうんじゃないですよ。そういう、ブランドやお金が好きで、実家の財産のことちょっと自慢しちゃうような女性って、すごく普通でしょう。そういう、普通の、今どきのチャーミングな女だったと思うんですよ。

あんなひどいめにあうような理由は、ひとつもなかったですよ。ああいうことって、事故みたいなものですよね。何も悪いことしてないのに、歩いてただけで巻きこまれちゃった事故ですよ。

真奈美には、お金持ちの夫のこと自慢するような妻になってほしかったし、子供をいい学校に入れるのに夢中になっちゃうような、バカな母親になってほしかったですよ。そういう要素いっぱいあったのに。

伊香保温泉でのこと、私、一生忘れられませんよ。思い出すとつらくなってきちゃうんですけど。

こわいですよね、世の中って……。

〈B―2「宇野充雄」のうちの2〉

この前、知ってることはだいたい話しましたから、もう言うべきことはあんまりないですよ。この前も言ったように、もともとそうよく知ってる男でもなかったんですから。合コンの人数合わせのために、ネクラなお兄ちゃんを誘うのも面白いかな、と思っただけですからね。

――大学の後輩ですね。

そうです。

――でも、井口が入学してきた時にはもう宇野さんは卒業してたわけですよね。

もちろんそうです。ただ、こないだ言ったアイドル研究会へは、年に二、三回顔を出してたんですよ。私が創設した同好会だというんで、先輩面できるのがいい気分でしたから。そんなことで、彼を知ったんです。初めて会った時に彼、自分で作ったアイドル研究ノートを見せてくれまして。それが、六十人くらいのアイドルについて、出てるテレビ番組やCMなんかを全部びっしりと調べて書いた大変な労作なんですよ。なかなかやるじゃないか、という話になって、少しはしゃべる仲になったんです。

それで、次の時に彼から、ミニコミ誌への原稿を頼まれて、書いたんですよ。ヴァーチャル・アイドルの今後について、というテーマで。そこはまあ、職業柄、データ持ってますからね。それで、ミニコミ誌ができた時に持ってきてくれて、お礼を言われたりという程度のつきあいがあったわけですね。

でも、その程度までのつきあいです。今度のことがあってから報道で初めて知ったんだけど、彼は去年の十二月にはもう学校へ通ってなかったんですね。秋からはもう長期欠席中だったとかでしょう。そんなことも私は知らなかったですもの。ごく普通のおたくっぽい後輩として、名前と顔を知ってただけでしたね。

——でも、そういう彼を合コンに誘ったわけですね。

面白いかな、と思ったんです。つまり、どっちかというと人づきあいがへたで、閉じこもって細かいことしこしこやってる男でしょう。彼のアイドル研究ノートを見てるからそれがわかってるわけですよ。小さな字でていねいに、ノートにびっしりとアイドルのプロフィールを書きこんでいくような奴ですよ。そういう人間を、生身の女性のいる合コンに誘ったらどうなるのか見たいような気がして、ほんの思いつきで声かけたんです。

そうしたら、ああいうことになったんだけど、あんなこと、誰にも予想できませんもんね。

——合コンの時の彼の様子はどんなふうだったんですか。

楽しそうでしたよ。いや、初めはそうじゃなかったんだ。初めのうちは、ちょっと居場所がないような顔してました。学生は彼だけで、あとはみんな年上の社会人でしたからね。

それが、だんだんなじんできて、後半はかなり楽しそうにしてましたよ。

——それは、藤内真奈美さんが、気を使って相手をしてやったからですか。

そうです。それはくっきりとそういうことでしたね。

結局、私が彼女を見たのはあの時だけなんですよ。あの合コンはその時限りのもので、二度目はなかったですから。

だから、彼女がどんな女性だったのかまでは私もよく知らないんだけど、その場の雰囲気は盛りあげてくれましたね。その印象はあります。

——その時の、二人の様子を教えて下さい。二人は気が合って、ことさら親しげにしていたんでしょうか。それとも、ぎこちない感じだったのかどうか。真奈美さんはどの程度彼に合わせちゃっていたのか。

それ、どう答えればいいのかなあ。本当のところ、私にとっても、そう知ってるわけじゃない二人のことですからね。

でも、盛りあがってるように見えましたよ。デュエット曲を歌う時でも、肩に手をかけたりして、いいムードだったですからね。

——真奈美さんがやむなく相手してやってるだけ、という感じじゃなかったのですか。

もっと親しそうに見えましたねえ。歌う時以外でも、二人でひそひそ話したりとか、してたし。つまみみたいなものを、彼女が彼のためにとってやったり。

だからみんなが言ってたんですもん。カップルが一組できちゃったぞ、と。そういう声が出るくらいに、あそこではいい感じでしたよ。もちろん、その場だけのことだったかもしれないですけどね。そういう、その時限りの盛りあがりっていうのもあるから、本当に気が合ってたのかどうかはわからないけど、まあ、いい調子でしたよ。

私としても、ネクラな兄ちゃんがずーっとのれない顔してて、ムードぶちこわしにしてくれるんじゃないだろうなと心配してたから、楽しそうな彼を見て安心したんですもん。全体の合コンの雰囲気がよくなって、よかったなあと思ったくらいで。

——それで井口は舞いあがっていた、というわけですか。

楽しそうにしてましたね。

——たとえば真奈美さんが、私にはつきあってる人がいる、なんてことを言った様子はなかったわけですね。

それは知らないけど、あそこではそんなこと言わなかったんじゃないかなあ。そんなこと言われたら彼もガックリくるはずだけど、そうは見えなかったですから。少なくともあの合コンの間は、最後までいい感じでしたよ。

——それは、あんまり女性とつきあったことのない井口が、すっかりのぼせあがってしまったというのも無理ないなというぐらいの、ムードだったと思いますか。

まあ、そう……、言ってもいいような気がします。見た感じでは、どちらかというと彼女のほうが積極的でしたから。その、彼女の親切心がそういう出方になっていたのかもしれないけど、とにかく、あんまりモテたことのない男なら、はしゃぎたくなるくらいのムードだったです。私なんかにはそう見えました。

――宇野さんは、あとで事件のことを知ってどういう感想を持ったんですか。

感想なんて、うまいことまとまりませんよね。まず、ショックですよ。なんてことやっちゃったんだ、と思うばっかりで。

そんなにおかしな人間だったのか、とおそろしくなりますよ。そんな人間が、ちょっとではあるけど知ってる人間の中にいたなんて、ヒヤッとしますよ。

でも、そんな人間だなんて、ちょっと話したことがあるぐらいではわかりませんもんね。彼がそこまで異常で、おかしくなってたなんて、まるで気がつかなかったんですよ。気の弱いマニアックな奴に見えてただけで。

だから真奈美さんですか、あんなことになってしまった彼女にしても、そんなことになるとは夢にも思わず、親切にしちゃったんでしょう。ちょっとよくしすぎちゃったんだと思います。

だけど、あんな事件になるとは想像できませんもんね。

そういう異常な人間もいるんだってことですよ。でも、それは見分けられません。

そういう、避けようのない事件だったと思うんですよ。

たとえば私が、ああいう合コンを企画しなきゃよかったとか、そこへ井口を呼ばなきゃよかったとか、言ってみても、それはその通りかもしれないけど、結果論であって、そこまで予想して行動できるもんじゃないですよ。

だから、何が原因になったというのは、言えませんよね。そう考えるしかないと思うんですよ。

まだ、あんまり落ちついて考えられないんですけど。

〈C―2「露木道子」のうちの3〉

私、会社をやめることにしたんです。迷ってたんですけど、決めました。

――それは、あの事件と関係あることですか。あのことのせいで会社にいづらくなったとか。

それも、ないことはないですね。

それとは別に、この会社でできることはここまでだな、っていう気がして、これ以上しがみついてても意味ないように思えたのも事実ですけど。あの会社、とりあえず女性にも仕事はさせてくれるんです。商品企画とか、販促計画なんかにも参加させてくれて、ただお茶くみやらされるだけよりは、仕事で使ってくれるんです。だからその点については、やりがいとかもあるんですね。

でも、長くいるとだんだん半端になってきちゃうんですよ。女性が五年も六年もいると、もうその課の中でベテランのほうに入ってきちゃうでしょう。課長とか部長とかは別にして。それで、責任者になれるわけでもなくて、ベテランなのに新人の男性と同じことやらされるんです。

そうすると、むこうも使いにくそうなんですよ。若い子の新しい感性も取り入れようということなら、新入社員の女の子でいいよなあ、ということになりますもん。

もうそろそろベテラン女性は、結婚でもして退社してくれないかな、って、そうは言いませんよ。そうは言いませんけど、そう思ってるのは伝わってきますよね。だから、だんだんやる気も消えちゃうんです。

それがあって、そろそろやめ時かなあと思ったんです。ちょっと人生の方向変えてみようかなと、決心したんですね。次にやることはまだ決まってないんですけど、失業保険もらいながら捜してみます。家族養ってるわけじゃないから女はその点気楽ですね。何かやることと見つかるだろうと思ってます。

だから、いちばん中心の理由は、限界見えたから移籍しよう、ということです。よくある転職の動機ですね。でも、あの事件のことが関係ないこともないんです。それもやっぱり、すごく大きなことですよ。

ああいうことあると、会社の中でも、ものすごく影響受けるんですよ。彼女が、藤内さんが、社内で引っぱりだこのとびきりの人材だったってことは別になくて、ただの我が社の若手の女の子、っていうだけですけどね。それでも、一応うちの社の女性が、犯罪に巻きこまれて殺されたというのは、意味大きいんですよ、すごく。みんな、すごく無口になっちゃって、社内が沈みこんでいきますもん。

殺されたっていうのは圧倒的ですよね。なまじの意見や感想を言わせないで、ひとを沈黙させちゃいますから。しかも、新聞やテレビで、どういうふうに殺されていたのか伝えられるわけです。みんなもう、言う言葉を失っちゃいますよ。

会社の中がそういう感じになってきて、それはやっぱり、異様に重苦しいムードですよね。そういう中で、私、個人的に部長に話をきかれましたよ。

――所さんという上司ですか。

そうです。きみが彼女をどういう会合に誘ったの、とかいろいろきかれました。

それはまあ、上司として一通りのことを知っておきたかっただけなのかもしれません。責任を問うというほどのことではなくて。

でも、事件のことで私が微妙な立場に立っちゃったのは事実ですよね。藤内さんをあの犯人に引き合わせたのは私だということになるわけですから。

きっかけは作っておいて、そのあと、彼女がストーカーされて悩んでいたことには全然気がつかないで、何も知らなかったというのが私ですから。

――それはどうしようもないことだと思いますけど。

ええ。私も今はもうそんなにこだわっていません。だけど、会社へ行けばそういうこと意識しちゃうんですよ。遭難した中の、生き残った人間みたいな位置にいるわけですから。そういうこともあって、会社やめようかと決心したんです。あの会社の人たちが私を責めたなんてことは一回もありませんけど、私がいてはみんな心の整理がつかないみたいな感じですから。

――そうですか。そのほうが利口かもしれませんね。

不思議ですけどね、そんなことになるなんて。

私、彼女のことをあんまり知らないんですよ。同じ会社にいて、仕事で組むこともありましたけど、個人的なことはほとんど話したことないんです。

歳が二つ下なだけですけど、世代が違うなあと感じてたぐらいです。私たちだと、女ではあっても仕事はちゃんとできるんだってことを社会に認めさせていかなくちゃ、というような気負いがあるんですね。仕事で差別されたくない、というような意識がどこかにあって、姿勢をただしてるような……。

彼女にはそういう感じはなかったです。ただ、面白い仕事だとやりがいがあるなあ、なんて顔して、波風たてないようにやってるだけってふうで。

仕事に不真面目《ふまじめ》だったということじゃないですよ。あの世代はあの世代なりに、給料もらう分だけは真面目にやってるんじゃないですか。

それで、会社勤めはお金のためですよね。

あ、おかしいですね、その言い方だと。

まあ、誰だってそうですもんね、サラリーのためにみんな働いてるんだから。

そのことが、きちんと割り切って考えられる世代ですね、ってことが言いたかったんです。人生ではほかにも楽しいことや大事なことはいっぱいあるけど、それとは別に、お金のために働くこともしてるって感じですよ。スパッと割り切れてて気持がいいくらい。

そういう考え方に、ちょっとついていけないような気もして、個人的な話をするほどには親しくしてなかったんです。うるさいこと言うお局様《つぼねさま》の役まわりになるのもいやですし。

それが、あんな話になったわけですよ。なるべく多く人を集めてよ、って宇野さんに言われて、若い子のほうがうけるだろうとも思って、あの合コンに誘ったんです。それがあとから考えれば、運命的だったんですものねえ。

——真奈美さんという人は、ブランド志向だったそうですね。悪く言えば、お金に執着心があると言うか……。

そうかもしれません。でも、今って女性のほとんどがお金大好きですけど。

——そうか。その通りですね。案外保守的で、田舎なんていやね、と言いながら実家がお金持ちなのを誇りに思っていたとか。

そこまでは知らないですね、私は。でもまあ、そういう普通の子ですよ。

あの、私以前に、中澤さんにも言いましたよね。このことについて責任を感じているって。私が誘った合コンで、結局はあんなことになっちゃう犯人と出会っているわけですから。それで、ストーカーみたいなことされていたっていうのも、私はきいてなくって、何も知らなかったのは無責任だったんだろうかって。

——そう言ってましたね。

かなり気にしていたんですよ。当然かもしれませんけどね。ああいうとんでもない事件になったんですから。

だけど、会社やめることにしたからじゃないけど、もうそういうふうに考えるのはやめたんです。きっかけを作ったのは私かもしれないけど、あれはやっぱり私のせいでおこったことじゃないですもん。

そう思うようになったのは、塚本さんにあることをきいてからなんですけど。

——塚本さんというのは、あの合コンに参加した同僚の一人ですね。『週刊文殊』の記事の中では坂本みどりさん、という仮名になっていた。

ええ。塚本緑さんです。私はあの時、幹事役だったせいで、みんなに気を使っていて、特に問題の二人を見ていたわけじゃないんですよ。あの二人、デュエットしてるわ、ぐらいに思ってただけで。

でも塚本さんにきくと、二人でかなりいい感じになってたんだそうです。

――そうらしいですね。

知ってました？　ということは、ほかにもそう言ってる人がいるってことですね。私だけが気がついてなかったんでしょうか。

塚本さんには、むしろ藤内さんのほうが積極的なぐらいに見えたそうです。それで、塚本さんからは、もうひとつ、重要なことをきいたんです。

――何ですか。

あの合コンの一週間ぐらいあとに、藤内さんが、失敗しちゃったわ、と言ったんだそうです。会社で、雑談の中でですけど。

それ、微妙なことだから、きいた通りに正確に言いますね。塚本さんのほうから、藤内さんのほうに、冷やかすようにこう言ったんだそうです。この間の彼から電話かかってきたりしてるの、って。その時いいムードだったのを見てるからですよね。

そうしたら、一回かかってきた、と答えたんだそうです。それで、失敗しちゃったんですよ、って。

何が失敗なのってきくと、歯医者の息子だっていうから歯学部なんだとばっかり思ってたら、全然そういう大学じゃなかったんですよー、って言ったそうです。なによ、とんだドジじゃないの、って塚本さんはジョークにして答えたんだそうですけど。

――ちょっと待って。それ、重要な証言ですよ。真奈美さんは、井口克巳のことを歯医者の卵だと思い違いをして、それで彼に対し積極的に親しくしたというんですか。

そうだって、塚本さんは言うんです。本人も、事実がわかってガッカリだわ、というようなこと言ったんだそうだから、間違いないんじゃないですか。

合コンの時でも、初めその場のムードから浮いてた彼に対して、お父さんが歯医者ってわかったとたんに藤内さんが優しくしだしたように、塚本さんには見えてるんですね。だから、そういうことだったんだろうって、思うんです。それが、電話での話で自分の勘違いだと気がついたんでしょうね。だから、急に冷たくなったわけでしょう。

――そっちからは……、まったく考えていなかったな。

そうだからどうこうって思うわけじゃありませんよ。お医者さんの息子だときけば女の子がオッと目を光らせるのは当然のことですもん。藤内さんがいけないんだ、なんて思いません。もちろん、きっかけはどうだったとしても、犯人が異常な人間だったんで、彼女は被害者です。事件のこと考えると、可哀《かわい》そうで、たまらない気持になります。そりゃそうですよね。

でも、私があの事件のきっかけを作ったというふうに考えるのはやめたんです。そういうことではなくて、いろんなことが重なってあの事件はおきたんですから。だんだんそういうふうに考えるようになってきてるんです。

――貴重な証言でした。これまで見過ごしていたことがひとつ明らかになったような気がします。正直言って、驚きました。驚いて、あの事件のことをどう考えればよいのかわからなくなってます。いろんなことが、急にわからなくなっちゃいましたよ。お話をきけてよかったです。

取材記録を読み終えて、私は自分がひどく疲労していることに気がついた。なんてもってまわったやり方だろう、と思ったのだ。

「読んでみて、どう思いましたか」

と治療師が言った。

それで治療しているつもりなのか、という気がした。治療というよりもこれは、洗脳のようなものではないか。私は少しためらったが、とうとう言ってしまった。

「私はここに出てくる井口克巳なんですか」

「そう思うんですか」

「そうとしか思えないじゃないですか。そうじゃないなら、なぜ毎日こんなものを少しずつ読まされなきゃいけないんです」

「それは推測ですね。記憶がよみがえったわけではなくて、思い出せと。なら答えます。そういう意味でなら、私はここに出てくる井口克巳という殺人犯が自分のことだなんていう気はしません。私が人を殺したのかもしれないだなんて、すごく突飛なことに思えます。とても信じられない、というのが正直なところです。私は何も思い出していません。読んでいて、井口克巳という男の異常さには嫌悪感を感じます。どこか精神のゆがんだ人間だったんだろうか、なんて気がします。それが自分のことだなんて、すごくいやな気分です」

「じゃあ、あなたはまだ思い出したわけではない」

「そうですとも。私は何も思い出していません。女性を殺したり、その死体から一部分を切り取ったりするなんて、考えるだけでもおぞましいですよ。そんなことをした記憶はかけらもありません。私は自分が誰なのか、どんな人生を送ってきたかの記憶を完全に失っています。不思議なことに、読み書きもできるし、ワープロとは何か、パソコンとは何かなどの普通人の知識はちゃんとあって、読んだ内容を理解することはできます。でも自分が誰なのかについては、白い霧の壁の前に立っているように、まったく何もわかりません」

「だったら、まだ何もわからない、と考えて下さい。自分で思い出すまでは、あなたは誰でもないのです」

私はその時少し声を荒くしたかもしれない。

「そんなのおかしいですよ。あなたの言うことは矛盾してます。自分が誰かということを無理に推測するなと言いながら、あなたは私に毎日少しずつ妙な文章を読ませることによって、さかんに追いつめてるじゃないですか。そういうことでしょう。きみはこの井口という異常殺人を犯した犯人なのだ、まだ思い出せないのか、これをやったのはきみなんだ、とまるで洗脳するみたいにたたみかけているわけです」

治療師はびっくりしたような顔をし、大きくかぶりを振った。

「それは違います。この治療はあなたに記憶を押しつけるものではありません。押しつけたって、記憶が戻ったことにはならないんですから。この治療は、あなたが思い出すきっかけになればよいが、という目的で行われているんです」

「でも、このやり方では、思い出す前にわかってしまいますよ」

「いいえ、わかりません。あなたは自分で過去を思い出すまでは、誰でもないんです。この人物に違いないなんて思いこまないで下さい。私にもきかないで下さい。たとえばの話、あなたは自分の年齢がどのくらいだか、くっきりとわかっていますか」

「年齢ですか。子供じゃないことはわかりますが、いくつぐらいなのかはよくわかりません」

「でしょう。だったらたとえば、あなたは井口克巳ではなく、中澤博久という作家なのかもしれないじゃないですか。自分の書いたものを読まされているのかもしれない」

「事実なんですか」

と言った時、私の声は少し震えていた。思いもかけない話だったのだ。

「お答えしません。きかないで下さいと言ったでしょう。あなたが思い出すのでなければ無意味なんですから」

私は手元の取材記録にもう一度目をおとした。これは私がまとめたものなのか、と考えて。

何も思い出せなかった。ただ、ワープロで印字した文字が並んでいるだけだ。

治療師がゆっくりと、力づけるように言った。

「今日はこれぐらいにしておきましょう。推理するのではなく、自分が誰なのかを思い出すことを心がけて下さい。きっと記憶はよみがえるでしょうから」

私は無言で髪をかきむしった。

五日目（手紙）

五日目には治療師は紺色のスーツを着ていた。ワイシャツを着て、ネクタイをしている。その姿は、私は医者なのだ、信頼しなさい、と主張しているようだった。

「今日は何を読まされるんです」

と私は言った。

「手紙です。ちょっと長めの手紙を二通。もちろん手紙の原物ではなく、そのコピーですが」

気乗りしているわけではないのだが、私は言われた通りに何でも読む気になっていた。その気持の中には、何を読まされようが私の記憶は戻るまい、というような思いがあった。おそらく無駄でしょうが、指示には従いますよ、という気分だ。

治療師がA5判の紙の束を出した。そこにもワープロで打たれた文章があった。ワープロ打ちならば、手紙も手記も一見して違いはない。文面には違いがあるが。

私は手紙二通分の紙の束を受け取り、上にあったほうから読み始めた。手紙なのだから、標題はなかった。

前略
時候の挨拶《あいさつ》や、ご様子をうかがう前文は省略させていただきます。須藤先生にとってはこのような手紙が来ることはご迷惑なことかもしれませんが、私としてはきいていただきたくてたまらなく、書かずにはいられない手紙なのです。そして、かなり長くなるような気がするので、なるべく簡潔に、ポイントだけを書いていくようにします。

私が、世間でアイスクリーム・ストーカー事件と呼ばれている殺人事件に興味を持ち、自分なりに調べて犯人の人間像に迫ってみようと思いたったわけは、前回お送りした小説もどきの中に書いた通りです。あれはほとんど事実のみを書き並べたものですが、自分のことを「中澤はこう思った」などと三人称で書いている点で、ある種の脚色が生じているのは否定できませんので、小説もどき、ということにしておきます。

とにかく、あんなふうに私は事件に興味を持ち、あんなふうに偶然にバーで警察庁の広報室長と会話したことでますます真実を知りたい気持がこうじてきて、本格的に調べ始めたわけです。

三崎書店の村井くんという若い編集者が関係者にアポイントをとったりする手伝いをしてくれました。新聞や週刊誌の報道でしか事件のあらましを知らなかった私は、あらためて事件の関係者や、警察官などに会って話をきき、事件の当日、七月五日に何があったのかを中心に事実の掘り出しをしていきました。

その上で、とりあえずまとめたのが、今回同封した『一見今日的な犯罪』という一文です。これは、取材によってわかった犯罪そのものの記録を、ルポルタージュ風にまとめたもので、私の感想などは混じらないように注意して書きました。その日何があったか、だけに迫ったつもりです。そして、どのように犯人が逮捕されたか、までを記録しました。

『一見今日的な犯罪』というのは仮題です。おこったことだけを見れば、現代社会には珍しくない病的な猟奇事件のひとつと思えるのだが、その中に特殊性と、同時に普遍性を見つけたい、という私の思いが逆説的にこめられた仮題です。

とにかく、新聞や週刊誌による報道よりは事実に迫っていると思います。被害者の恋人に何度も会って話をきいたことで、事件に至るストーカー行為のことも、警察が摑《つか》んでいる情報を別にすれば、いちばん詳しく記録できたと思います。

九月の半ばまでかけて、私はとりあえずこれをまとめました。

しかし、そこまでわかっても、私には満足感はありませんでした。むしろ、事件の輪郭がはっきりしてくるに従って、本当のところは何もわかっていない、という思いのほうが強くなってくるのです。

井口克巳は、なぜそうせざるをえなかったのか。

やった時の精神状態はどんなものだったのか。

藤内真奈美は、どのような不安と恐怖を感じたのか。

あれは当事者以外の人間には関係のない特別な事件なのか。

そういう、私が本当に知りたいことは、まだ手の届かないところにあるというもどかしさにかられるばかりです。

私は、その一文をまとめたあとも、関係者への取材を続けました。事件の状況はだいたいわかったから、次は事件をおこした当事者の人間性を知りたい、という思いからです。藤内真奈美の恋人だった池部勲治からは、もう話すことはない、会いたくない、と言われるほどでした。

それにしても、井口克巳のことを語ってくれる人間の少なさには驚きました。彼のことならよく知っている、という人間がほとんどいないのです。彼の家族には会うことができませんでしたし、大学での友人、高校時代や浪人時代の知りあいにあたってみても、井口のことをよく知っているという人間がいないのです。つまり、それほどまでにつきあいの悪い、孤独な人間だったということでしょうか。

ところが、それとは対照的に、被害者である藤内真奈美のことは少しずつわかってきました。会社での同僚や、短大時代の友人などから、いろいろと話をきくことができたのです。

藤内真奈美が、今風の若い女性にありがちな、俗な一面を持っていたことがだんだん明らかになってきました。

お金に関して執着心が強いほうだったようです。ケチ、とまで言うのが当たっているかどうかわかりませんが、ガッチリしていたのは事実のようです。

そして、実家の経済状態などを自慢するような、見栄っぱりでもあったらしい。

遊びにも熱心だったようで、評判のプレイ・スポットなどへはなんとしてでも行ってみたいと思うような、物見高いところがあったようです。話題になっているものについてはチェックを入れておかなければ気がすまないというところでしょうか。

そういう性格だったせいで、いわゆるブランド物への志向がかなりあったとか。池部勲治と交際していたのは、彼がシステム・エンジニアといういかにも現代的な職業につく人間だったからではないか、という見方をする友人まで出てきました。ブランド品を求めるのと同じ価値基準で恋人を選んだ、というわけです。

そういう評判を集めていくうちに、私はとても不思議な感覚に襲われました。私が持っていたイメージと、人々の語ってくれる藤内真奈美の像とがうまく結びつかない気がしたのです。

彼女が、とりわけ変った女性だったと言いたいのではありません。むしろ、今日の二十四歳の女性として、典型的な人間だったと言うべきでしょう。

ブランド物が好きで、お金に執着があり、見栄をはり、仕事は適当にこなしているだけ。自分は何かいいめを見るんだと、そんなことにだけ夢を持っている、今の社会にありがちな人間だったわけです。

　でも、そのことが私には、虚を衝《つ》かれるような気のすることでした。私を含めた世間一般の人間は、初めに、悲惨な事件の被害者として彼女を知ったわけです。何の落ち度もないのに、異常なストーカーにつけ狙《ねら》われて、むごたらしく殺された女性が藤内真奈美なのです。

　そのことによって、人間像に対するイメージが形成されています。落ち度はなく、無色透明で、ひたすら気の毒な被害者というものを頭の中で勝手に造りあげているのです。

　ところがだんだんわかってくれば、現代に生きている普通の若い女性が、そんな抽象物のような存在であるはずがないわけです。

　かなり俗っぽいところもあったし、危なっかしい一面だってあった。そういう、ありふれた若い女性だった。そのことが私には少なからずショックでした。

　そして、そのことの延長線上に、思いがけないことを知ったのです。

　証言をしてくれたのは、藤内真奈美と同じ会社で働く先輩の露木道子です。『一見今日的な犯罪』の中にも出てきますが、藤内真奈美を問題のカラオケ合コンに誘った女性です。

　その露木道子が、同じ会社のもう一人の同僚からきいた話だとして、意外な新事実を語ってくれました。

　問題の合コンの日、藤内真奈美はその場になじめない様子で浮いていた井口克巳に親切に声をかけてやり、デュエット曲をいっしょに歌ってやったりして場を盛りあげた。それによって井口克巳は彼女に好意を抱《いだ》き、そこからあの事件へとつながっていく。

そこまでは既にわかっていたことです。同じことを証言する者が何人もいます。

ところが、その合コンのすこしあとに、藤内真奈美は会社で女性の同僚にこういうことを言っているらしいのです。

あの時の彼から一度電話がかかってきたのだが、自分が失敗してたことに気がついた。歯医者の息子で大学生だっていうから、当然歯学部なんだろうと思っていたのに、そうではなかった。歯医者の卵じゃなかった。

そういうことを真奈美が言ったそうです。

それでガッカリして、以後その男に対して冷たくなったのではないか、というのが露木道子の推測でした。

思いもよらない真相です。

井口克巳に対して、最初に積極的に接近したのは真奈美のほうだったのでは、ということですから。

積極的になった理由は、相手が歯医者の息子だったから。

ところが、その合コンの日からしばらくしてかかってきた電話で、あれこれ話をするうちに、相手は歯学部の学生ではなく、もっとずっとレベルの低い私大生だとわかった。親のあとを継げない落ちこぼれだとわかり、それ以来、その男からかかってくる電話に対して冷たい対応をするようになる。

どうもそういう事情があったらしいのです。

これまで、そんな角度から事件のことを考えたことは一度もありませんでした。新証言です。おそらく、今現在獄中にいる井口克巳も、そんな事情があったとは知らないでしょう。最初はとても親しげにしてくれたのに、だんだん態度が冷たくなっていった。最初にいい感じだと思いすぎたのが錯覚で、なのにしつこくしたから嫌われたのかもしれない、などと思っているのではないでしょうか。

この新証言が私の耳に入るのが遅れた理由は、それまで私は池部勲治の証言を中心にすえて真実の割り出しをしていたからです。井口克巳と藤内真奈美の出会い、そして初期のやりとり、その後のつきまとい行為などを、池部勲治の話から知っていったのです。その彼は、真奈美からきいた話でそれらを知っているわけです。

ならば、真奈美が恋人に対して、医者の息子はいいなと思って接近した、と言うはずがありません。寂しそうにしていたから親切にしてやっただけなのに、むこうが誤解してしまって困っている、と説明していたのです。

そんなふうにして、ひとつの真実が埋もれていたわけです。

誤解されたくないのですが、私にはそういう新事実を知ったからといって、藤内真奈美を批判するつもりはありません。年頃の女性が、この異性は私の相手としてどうだろうと、いろいろに交際するのはあたり前のことです。医者の息子はいいな、と興味をひかれるのも実によくあることでしょう。そんな打算は、今どきの女性らしい憎めない合理性だという気すらします。

最初に積極的に接近したのが女性のほうであったとしても、その後冷たくされたからといってつきまとうようになってはいけません。ましてや相手を殺害するなんて論外です。事件への全責任は加害者である男のほうにあります。

ですから、この新事実が出てきたからといって、事件の意味が変ってくることはないと思います。

そのことは、はっきりとわかっています。

なのに私には、この新事実は少なからず衝撃的でした。

心優しい女性が、寂しそうにしている男にちょっと親切にしてやったばかりに、その男の異常性の犠牲になって殺された、という物語が私の頭の中にできあがっていたからです。事実のみを見つけ出していこうと思っていたはずの私でさえ、そういう物語を作っていたのです。そのことがショックでした。

はたして事実をくまなく知るというのは可能なことなんだろうか、というような気にさえなってしまいました。

（私が、露木道子を取材した時の録音テープを、今、三崎書店の村井くんにテープ起こししてもらっています。読みやすい形にまとまったら、ほかの人の証言の分も合わせて、須藤先生にお送りするつもりです）

正直に言って、私は今迷っています。自分のしていることの意味がわからなくなってしまったような気分なのです。

ある殺人事件があった。とりあえずそれは世間の大いに注目するような、怪事件だった。なぜそんなことがおこったのだろう、と誰しも興味を持つ出来事ではある。

そこで私は、真実を知りたくなり、調べ始めたわけです。事件の経緯や、関係者の心理などを知るために。

でも、そういう真実を突きとめることは不可能なのかもしれないという気がしてきました。

被害者の心の中も、犯人の心の中も、その当人にしかわからないことなのかもしれません。そして、なぜそんなことがおきたのかは、当事者にとってもついにわからないことなのかもしれないと思うのです。

わかる、というのは錯覚でしかないのかも。そんな気がしています。

それにしても、なぜ私は井口克巳の犯罪にこんなに気をひかれるのでしょう。

長くなりすぎましたので、ここで一度手紙を終えます。また何かわかればご報告します。

このご報告が、いつかこのことを書いてまとめる時のための土台になってくれるだろうと予感しているのです。

中澤博久拝

十月二日

須藤陽太郎先生

前略

あの事件のことを調べていって、新しい発見をしましたのでご報告します。前にも申しあげたように、こうやって須藤先生に報告することで、私は自分の考えをまとめているのです。書くことによって頭を鎮めなければ、事実の重さにのみこまれてしまいそうです。

少し、言葉が大袈裟《おおげさ》だと思われるかもしれません。ある殺人事件について、ルポライターに似た活動をして調査しているだけのことなのに、どうしてそこまで追いつめられたようになっているのか、不審だとお感じになるかも。

しかし、それが大袈裟ではないほどの、驚くべき事実が出てきたのです。

なるべく淡々と書くようにします。流されないためにも、あったこと、見たことだけを正確に記録してみます。

私は、藤内真奈美と、井口克巳の家族に会ってみたのです。ここまで調べたからには、家族にも話をきかなければ無意味だと思ったからです。相手側がそう簡単に取材に応じてくれないだろうことは覚悟の上でした。

まず、藤内真奈美の両親が話をしてくれることになり、十月十日に宇都宮へ行って会ってきました。

真奈美の位牌《いはい》がある仏壇に線香をあげたあと、父親の藤内数則（五十九歳）と、母親の尊子《たかこ》（五十五歳）に、二時間半ばかり話をききました。

ただし、この取材では事件の解明に結びつくような実りある話はききませんでした。真奈美の両親にしてみれば事件は青天の霹靂《へきれき》で、なぜそんなことがおこってしまったかについては、取材してる私よりもっとわかっていない、という具合だったのです。

ＯＬになってからの真奈美は、年に二度ほど実家に帰ってくるだけだったそうです。東京でどんな生活をしているかという話はほとんどしなかったそうで、親としては真面目《まじめ》にやっているだろうと信頼していたようです。

真奈美に恋人がいることは母親だけが少しきいていましたが、正式に親に報告してくるわけでもないのは、本気の相手ではないからだろう、と了解していたそうです。

結局、東京での真奈美の生活ぶりについては、何の証言も得られませんでした。むしろ私が、恋人はいたけど同棲《どうせい》をしていたわけではなく、比較的きちんとした生活をしていたようである、ということを教えたぐらいです。

そして、二人から真奈美の幼い頃の話をたくさんきかされました。気持に優しいところがあった、とか、その半面負けず嫌いな一面があった、というような、ぼんやりしたことしか伝わってこないのですが。

少し意外だったのは、真奈美本人が友人たちに、宇都宮は田舎《いなか》でつまらないから帰りたくない、結婚しても私は東京に住むつもりだということを言っているのに、親はそれとはまったく違うことを考えていたことです。

結婚したら、宇都宮に戻ってもらいたいものだ、と思っていたのです。今は東京で青春を楽しんでいる時期だが、いずれは戻ってくるだろう。そのためには、宇都宮にいい結婚相手がいないか捜し、いずれは見合いをさせよう、と考えていたのです。

ただし、結婚は兄の俊一のほうが先になるべきで、そっちが片づくまで妹の真奈美はもう少し自由にさせておこう。

そんなところが両親の考えだったようです。

可愛い娘を通り魔のような犯人に無残に殺された両親の嘆きは深く、話をしていくうちにいろいろのことを思い出すのがつらい、という様子でした。私もかなり沈んだ気分になってしまう取材でした。

でも、両親に会ったことは有意義だったと思います。生きている時には一度も会ったことのない藤内真奈美という女性が、ちょっとだけわかってきたような気がしました。

そこで私は、井口克巳のほうの両親にも会いたいと連絡をとってみました。でも、そっちはそう簡単には会ってくれません。まあ、想像していたことですが。

母親が電話に出たので、あの事件について調べている者ですが、お話をうかがいたいのです、と言ってみましたが、私ではわかりません、という答でした。

それで、父親がいるという日曜日に電話をかけてみると、こちらの申し出を半分もきかずに、あの事件のことで話すことはひとつもない、と強い口調でことわられました。

考えてみれば、当然のことだという気がします。我が子が殺人を犯して、そのことについて取材されたい親などいないでしょう。

私は方針を変え、井口克巳の弟の冬樹に接触をはかることにしました。まず、三崎書店の村井くんからコンタクトをとってもらいます。

あの事件について、正確なルポルタージュを書こうとしている作家がいる、ということを伝えてもらったわけです。

興味本位でセンセーショナルなきわものにするのではなく、真実に限りなく近づこうとする人間研究的なものにしたい。ついては、兄さんについていろいろと話をきかせてもらえないだろうか。

本当のことを、どこかにちゃんとまとめておかないと、煽情的《せんじょうてき》でいい加減な情報ばかりがまき散らされ、どんどん出鱈目《でたらめ》な話になっていってしまう。近頃では、井口克巳は多重人格だったとか、人肉を食べたんじゃないか、というような根拠のない話が大いに広まっているありさまだ。そういう嘘《うそ》に対して、肉親としてちゃんと本当の証言をしておくべきではないか。

村井くんはそういうことを言ったようです。

それに対して、十七歳で高校二年生の冬樹は、一日考えさせて下さいと答え、翌日の連絡に対して、とにかく会ってみる、と答えました。彼が私のことを、小説を読んでいるわけではないが名前だけは知っていた、というのが決め手になったようでした。

そこで、十月十八日の土曜日に、学校帰りの冬樹と、自宅近くの地下鉄駅前で待ち合わせて会いました。当方は、村井くんと二人づれでした。

どこで話をしようか、と言うと、冬樹は我々をそこから近いカラオケ屋へ案内しました。その個室の中なら他人に話をきかれる心配もないわけです。

そこで、冬樹と話をし、いろいろのことをききました。冬樹は覚悟を決めていたようで、質問に対してわかることはすべて答えてくれました。自分でも、兄がなぜそんなことをしたのか知りたい、という考えになっていたのでしょう。

その時のやりとりはテープに録音してありますが、まだテープ起こしができてないので、メモに基づく私の記憶で以下に証言を構成してみます。

まず、事件以来、家の中の様子がそれまでとは変ってしまったんだろうね、と私はききました。

冬樹は次のようなことを話しました。

家では、あの事件のことは話題に出さないようにしている。特に父親が、克巳のことを考えたり、話題にしたりすることを嫌っており、機嫌をそこねそうなので、兄のことを言えない雰囲気がある。もともと、父親が望む大学の歯学部に入ることができなかった時から、父親は兄に失望しており、情けない落ちこぼれだ、というようなことを言っていたのだが、今はもう名前を口にすることもなくなった。

そして、この数か月で父親の白髪がすごく増え、老けこんだような気がする。実は相当のダメージを受けているのだと思う。

母親は、父親が怒りだすようなことは言わず、あまり誰とも会話しない。自分のことしか考えていないようにすら見える。家事はちゃんとやっているが、それにしがみついているような気がする。

そんなムードの中で、ぼくも兄のことや、事件については何も言えない。家族全員が心の中にしこりを抱えて、バラバラになっているような気がする。

そこで私はこうききました。

きみは、週刊誌の記者の取材に対して、兄は何か心の病気にかかっていたんじゃないだろうか、ということを言ってるね。その病気とは、どんなもので、いつ頃からそうだったと思うんですか。

それに対して冬樹はこう言いました。

正確なことはぼくにもわからない。ただ、最初の受験に失敗して、浪人生活を始めた頃から、兄は家族とあまり会話をしなくなった。家族を避けて、自分の部屋にひとりで閉じこもるようになり、その部屋に誰かが入ることをひどく嫌った。母親が掃除に入ったら怒ってなぐりつけたことがあった。そのため、誰も兄の部屋には入らなくなった。

それは浪人のつらさ、ということなのかもしれないが、あの頃から兄は精神的に追いつめられて、たとえば鬱病《うつびょう》のような心の病気になっていったのではないかと思う。

あの頃から兄には、生きていることが苦痛になっていたのではないか。そんな生活の中で、自分の部屋に閉じこもってビデオを視たり音楽をきいたり、つまり、ひとと関係しないでひとりで遊んでいることだけが息抜きだったのではないか。

その状態というのは、ある種、心の病気だったんだと思う。その病気によって、今度のことへつながっていったのではないだろうか。

私が次にした質問はこうです。

兄さんの部屋というのは、亡くなったおばあさんが使っていたという、はなれの間だね。そのおばあさんは兄さんをとても可愛がってくれたのだが、兄さんが中学三年生の時に交通事故で亡くなったとか。そういう人が死んだことは、兄さんが精神的におかしくなっていったことと関係していると思いますか。

冬樹の答はこうでした。

それについては、ぼくにはよくわからない。

おばあさんが亡くなったのはぼくが小学生の頃のことで、もちろんいろんなことを覚えてはいるが、幻のような思い出である。あの時、確かに兄がそのことにショックを受け、すごく悲しんだという記憶はあるが、そういうことで心までおかしくなるものだろうか。

おばあさんが今も生きていて、兄がその人に何でも相談するような関係だったとしたら、あんなことはおこらなかったかもしれない、という気はする。しかし、おばあさんが死んだので、兄があれをやった、というふうには結びつかないと思う。やはり、兄は自分の心の病気であんなふうになったのだろう。

私は、彼には少しつらいかもしれない質問をしました。

兄さんにとっておばあさんが心のよりどころだったのは、両親がそういうものではなかったからじゃないだろうか。多くの人が証言しているのだが、きみの家の両親はもう十五年ほど、ろくに会話もしない冷たい関係だったという。お母さんは、過去に自分を裏切ったお父さんに対して、仕返しのように家の中で自分の権利を主張しているのだとか。そしてお父さんは、すべてについて自分の思うままに家族をコントロールしようとするタイプだとか。そういう、ぬくもりのない家庭で育った兄さんが、追いつめられておかしくなっていった、ということはあると思いますか。

この質問に対して冬樹は、非常につらそうな顔をし、唇を噛《か》んでしばらく考えこみました。そして、ようやく話し始めた時には、少し顔色が青ざめていましたが、口調はできるだけ冷静さを保っていました。

そういうことはあるのかもしれないが、ぼくにはよくわからない。ぼくにとっては、物心ついた時から、我が家はそういうふうだったのだから。

いわゆる、愛のない家庭かもしれない。しかし、それだけが原因で兄が精神的に病んでいったと考えるのは違うような気がする。親が離婚している、という人だって世の中には大勢いるが、そのすべてが心の病にかかるわけではないだろう。

兄が何かのプレッシャーに圧《お》しつぶされていったのは、両親のことよりも、自分の受験の失敗のほうが大きかったのではないか。兄は本当は父の期待にこたえ、父に喜んでもらいたかったのだと思う。それがうまくいかず、父もすっかり失望したということから、心を弱くしていったのだろう。

ただし、強いて言えば、我が家が離婚こそしていないが実質はそれに似た冷たい家庭であることは、兄の女性観に何らかの影響を与えているのかもしれないと思う。兄は、女性を好きになった時、相手を完全に手に入れ、支配できると考えていたのではないだろうか。

これは、あの事件のあとに考えたことである。

兄にとって恋愛とは、相手を自分の支配下に入れる、ということだったのかもしれない。その考え方が、あの事件につながっていったのかも。

そういう恋愛観を兄が持っていたとするならば、そのことには我が家の家庭の事情が影響しているかもしれないと思う。

そういう内容のことを、冬樹は慎重に言葉を選びながら、しっかりと語りました。年頃の青年としては話しにくい内容でしょうに、終始冷静さを失いませんでした。かなり頭のいい子だな、という感想を抱きました。

私は、質問の方向を変えました。きみが兄さんを見ていて、ちょっとおかしいな、何か大変なことをやるんじゃないだろうか、などと予感したことはなかったかい、ときいてみたのです。

冬樹の答は、あります、でした。

その時の発言を、思い出してなるべくそのままに再現してみます。

「兄が、ナイフを見せてくれたことがあるんです。それがあとで、犯行に使われることになるアーミー・ナイフなんですが。それを見せてくれて、いいだろう、と言うんです。兄が大学に入ってすぐの頃でした」

「いいだろう、と言って見せてくれただけなんだね」

「そうです。これを使っておそろしいことをやってやる、なんて言いませんよ。男の趣味って感じで、カッコいいだろ、ということを言っただけです。でも、その時ぼくは、すごくヒヤリとしたんです。ナイフの刃がいかにもよく切れそうに光っていて、そのことにもドキッとしましたけど、それだけじゃないんです。なんて言うか、兄貴は絶対にこのナイフを使うだろうな、という気がしたんです。ナイフってそういうものだから、と思ったんですね」

「どういうことかな」

「ナイフって、持ってしまったら、必ず使うことになると思うんです。ただ護身用に持ってるだけとか、勇気がわいてくるから持ってるだけだとか、思っててもそうはいきませんよね。やっぱりあれは、使いたい人だけが持つものだと思います。そういうこと、その時にはっきり思ったわけじゃないけど、なんかヤバいぞ、という気がしたんです。ヒヤリとする感じでした」

「兄さんがそのナイフで人を刺すんじゃないか、と予感したんだね」

「そういう不安があったということです。あんな事件があとでおこるとは全然思ってなかったですけどね。それより本当は……、別のことを心配していて……」

冬樹は言うべきかどうか迷うような様子を見せ、十秒くらい無言になりました。そして、やっと重い口を開くとこういうことを言いました。

「兄がそのナイフで、母を刺すんじゃないだろうか、というのが、その時ぼくの頭に浮かんだ心配でした。どうしてかわからないけど、父じゃなくて母がやられるような気がしたんです」

「兄さんはお母さんを憎んでいたの」

「よくわかりません。それもあるかもしれないけど。でも、そういうことより、兄のイライラが爆発するとしたら、それは母に向けられるような気がしたんです。なんて言うか、母を力ずくで支配しようとするんじゃないだろうか、と思えて。だから、ナイフを見せてもらった時から、ずっとぼくはそのことを気にかけてました」

崩壊した家族関係、と言うしかないのかもしれません。家族の中で孤立してしまった長男は、そのことによって精神的に追いつめられていく。そしてその長男がナイフを買えば、次男は兄が母を刺すのではないかと不安を抱く。

そういう危なっかしさが、その家にはあったということでしょう。後におこる事件は、その危なっかしさの上で捉《とら》えられなければならないと思います。

そのほかにも、冬樹にいろいろなことをききました。たいていのことには素直に答えてくれました。

大学へ行かなくなって、克巳はいちだんとおかしくなっていたようです。どこへも行き場がなく、自室にこもってぶらぶらしているわけですから、はた目にも異常が感じられたのでしょう。

今年に入ってからは、兄が何か変なことをしでかすに違いないという、なんとなくの予感すらわいたそうです。それは克巳が藤内真奈美に対するストーカー行為をエスカレートさせていく時期なのですが、その頃には家中の者が内心でまともではないと感じつつ、腫《は》れ物にさわるように何もできないでいたようだったそうです。

「家族が、どこかでちゃんと兄と話をするべきだったと思います。それをしないで、みんな面倒なことを避けていたからこうなったような気がして」

冬樹はそう言ってつらそうにうなだれました。

私は、兄さんの部屋は今どうなっているのか、とききました。警察の人が来ていろんなものを押収していったが、そのこと以外は、誰も手をつけずそのままになっている、という答でした。

そこで私が、その部屋を見せてもらえないだろうか、と言ったのは、その場の思いつきではなく、前々からぜひ見てみたいと思っていたからです。

井口克巳に会って話をきく、ということは当面できないわけですが、せめて彼がひたすらこもっていたという部屋の中を見てみたいものだ、という考えが私には最初からありました。その部屋には、彼の生活の気配があるだろうからです。穴倉のような部屋なのか、ゴミためのようなのか、それともきちんと整理されているのか。いずれにしろ、部屋にはそこに暮した人の匂いのようなものがこもっているに違いない。その、雰囲気を知りたかったのです。そこから、井口克巳の心の中の重苦しさのようなものがうかがえるのではないかという気がして。

父親がいやがると思う、と冬樹は言いました。今ならお父さんは家にいないのではないか、と私は言いました。

ほんの五分か十分、その中を見るだけでいいんだ。事件の捜査のために必要な調べはもう警察がしたあとなのであり、あれこれひっかきまわして詮索《せんさく》するつもりはない。ただ、その部屋を見ることで、きみの兄さんを肌で感じたいんだ。

そんなふうに説得して、ようやく冬樹の承諾を得ました。冬樹は、お母さんにあれこれ話をきくことだけはやめてほしい、と言いました。

あの人は、兄のことを何も考えないようにして、どうにか日々の生活を送っている様子なんだから、と。兄のことを話題にされたら、混乱しておかしくなってしまうような気がするんです、と。

お母さんには何もきかない、と約束しました。そう約束しつつ私は、話はしないまでも、どんな人物なのか見るだけでも何か感じ取れることがあるだろう、と思っていました。

私と村井くんと冬樹の三人で、歩いて井口家へ行きました。

淡々と書きます。

その家についたのは四時頃でした。古い住宅街の中にある煉瓦壁《れんがへき》のどっしりと重々しい二階家でした。築二十年、といったところでしょうか、真新しくもなく、古びているわけでもない、どこか暗いイメージの家屋でした。

冬樹について家の中へ入ると、中はよく片づいていて、どことなくよそよそしい雰囲気があります。フローリングの廊下が、ひんやりと感じられました。

井口克巳の母が出てきました。五十二歳の里枝です。

五十二歳には見えないな、というのが第一印象でした。痩《や》せ型で、脂が抜けてしまったような肌をしており、髪は乱れていて、六十代と言ってもおかしくないほどです。目の奥に、怯《おび》えと憎しみが宿っているような奇妙な光がありました。顔の印象をどう表現すればいいのか迷いますが、意思の活動が停止しているような、魂の抜けがらのようなイメージがあります。

この人たちは何なのか、ということを母親は言い、冬樹は突きはなすように、兄貴の部屋を見たいと言うんだよ、と答えました。

お父さんに叱《しか》られるからそれはよくない、ということを彼女は言いました。

私は、この人に克巳のことをきいても内容のある話はきき出せそうにないなと感じていました。

そこで、約束通り、そういうことは言わないでおこうと。ちょっとした作り話をしました。

克巳くんの大学の先輩で宇野という人物が、克巳くんに貸した本があるかどうかを知りたがっているので、それを調べるだけです、五分で帰りますから、と。

そして冬樹について廊下を進み、はなれの間のほうへ行きました。

廊下の突きあたりに、引き戸があり、その中が問題の部屋でした。

その部分だけは、築年数ももっと古く、瓦屋根《かわらやね》ののった別棟になっているようでした。母屋からこぶのようにその部屋だけがついていて、入口は引き戸のところだけです。

私たちは、冬樹に続いてその部屋の中に入りました。母親は中へは入ってきませんでした。

部屋に入ってみると、空気が湿気をおびているように冷たく、カビ臭い匂いがしました。もう何日もこの戸は開けられていないのだ、という感じです。

そして、思った通り暗い部屋です。明かりとりの障子戸が庭のほうに面してあるのですが、その前にスチール製の本棚があり、光のほとんどをさえぎっているのです。

冬樹が部屋の明かりをつけました。

雑然とした部屋です。蒲団《ふとん》は出してありませんでしたが、それ以外の生活用品があちこちにちらばっています。

スチール書棚のほかには、ライティング・デスクと椅子《いす》があり、ボックス型のテレビ台の上に、一九インチほどのテレビ。ボックスの中にはビデオ・デッキがありました。

マガジンラック、ゴミ箱、CDプレーヤー、などがあります。ライティング・デスクの上にはワープロがのっていました。

そして、雑多な小物が、何の統一性もなくあちこちに散乱しています。サインペンの立っているマグカップ。ティッシュ・ボックス。置時計。寒暖計。文房具。薬箱。

「携帯電話と、ビデオ・テープは警察が持っていきました」

と冬樹が言います。

「それと、ノートや手帳と、もちろんアーミー・ナイフも」

部屋の広さは六畳間でした。ライティング・デスクの横に、問題の冷蔵庫があります。二〇〇リットル入り程度の、中型の物です。

この冷凍室の中に、藤内真奈美の性器がつまったアイスクリームのカップが入っていたのだ、と思いましたが、開けてみるのはやめました。不思議な感情ですが、それは非常につつしみに欠ける行為のような気がしたのです。

その部屋は、カビ臭いにもかかわらず、とても生々しく感じられました。この中に一人の青年が閉じこもって、世間とは隔絶した空間を造り出していたのだ、ということがひしひしと伝わってくるのです。部屋の主《あるじ》がいなくなって三か月ほどたっているというのに、そこには確かに一人の人間の気配がありました。

「ここにビデオ・テープが百巻ぐらいあったんですが、警察が全部段ボール箱につめて持っていきました」

冬樹が、スチール書棚の横の空間を指さしてそう言いました。

私は、書棚の前に立ちました。母親に、本を捜しに来たのだと嘘を言ったのですが、その嘘に導かれるようにして本棚のチェックを始めていたのです。

近頃の大学生にしては、本を沢山持っているほうだと言うべきでしょう。書棚の下のほうの段には、アニメ関係や、ゲーム関係の雑誌類があり、タレントのヌード写真集も何冊かありました。

しかし、上のほうの棚には、小説本がかなりあります。上段の二段は文庫本でしたが、その下の二段には単行本がびっしりと並んでいました。最近話題の現代小説がだいたい揃《そろ》っている、という印象でした。

そして私は発見したのです。

その中に、『あくあまりん』という小説があることを。

著者は中澤博久、私です。

ヒヤリ、としました。と同時に、やっぱりそうか、というような奇妙な思いもわきました。その瞬間まで私は何の予断も持たず、井口克巳の読書傾向など気にも止めていなかったのです。

それなのに、私のその時の思いは、やっぱりある、というものでした。意識下でそうであることを予想していたかのように。

私はその本を棚から抜き出しました。そして開いてみると、絵葉書がはさんであるページが自動的にめくれました。一八〇ページと一八一ページの間に、その絵葉書ははさんでありました。

ページに目をやり、五秒もそのことに耐えられず、私は本を閉じました。それを、もとの位置に戻します。

しばらくして、もういいから、と言って私はその家を辞しました。私がその部屋の中にいたのは、冬樹に約束した通り、五分間くらいだったと思います。

急に無口になってしまった私のことを、村井くんが心配して、どうかしましたか、と言ってくれました。彼はあの本には気がつかなかったのでしょう。

私は、まともに返事もできない状態で、しきりに考えこんでいました。どうやって自宅に戻ったのかよく覚えていないほどです。

以上が、この手紙でご報告する新事実です。

私が、思いがけなくも、かなりうろたえてしまったのは、井口克巳の部屋で私の小説を発見したからです。

その本を開いてみて、さもここが重要だとでも言うように絵葉書がはさみこまれていて、そのページにざっと目を通した時、私は頭に光がさしこむように思ったのです。

そうか。ここに書いたものな、と。

私は井口克巳の犯罪に興味を持ちました。

こういう犯罪の中に、私が追い求めている現代人の苦しみがあるような気がして。

そして、私たちは誰もが少しずつ井口克巳なのかもしれない、というような考えをずっと持ち続けていました。

なぜか、最初から井口克巳は私にとって身近な存在でした。

なんとうかつなことでしょう。

私はもともと、井口克巳的なるものと関係していたのです。

そのことは、この調査をしている間、一度も頭にのぼってこなかったのですが、私は井口克巳を書いたことがあったのです。

私の小説『あくあまりん』の中に、主人公の行動ではありませんが、その主人公の昔の友人がした犯罪というのが、話題に出てくるのです。それが出てくる部分が、その本の一八〇ページです。

私のその小説の、問題の箇所をここに書き写そうかと思いましたが、自作にこだわりすぎで見苦しいことのような気がして、やめます。

要するにそこには、主人公が恋人に、殺人を犯した友人の話をするシーンがあるのです。

その友人は、好きになった女を殺し、その女の性器のところをナイフでえぐり取り、その部分を食べた、ということが語られます。

そして、そこまで女を好きになり、自分のものにしたいという情熱が持てるのはうらやましい、と私の主人公は言うのです。

その主人公の発言がその後なんとなく物語に緊張感をもたらし、何かひどいことをやるのではないかという予感を生むのですが、私の主人公は結局、殺人は犯しません。むしろ逆に自己を放棄するというふうに話は展開していきます。

ですから、その殺人のことは、あの小説のメインテーマではありません。むしろ、主人公の心境を物語るひとつのエピソードにすぎないのです。

でも、女性の性器を切り取る殺人犯のことを、私は書いていたのです。その部分を食べるという異常行為を。

自分で書いていたことなのに、井口克巳のことを調べている間、そのことをまったく思い出しませんでした。

と、私が書いて信じていただけるでしょうか。

それはまさしく事実なのですが、同時に、それは違うぞ、という気も私にはします。

私は、無意識のうちにそのことに気がついていたのかもしれません。だからこそ井口克巳の犯罪を、私が調べなければならないことのように感じたのではないか。

そんな気もしきりにするのです。

話の起点がわからなくなってしまったような気がします。

私が井口克巳に興味を持ったというのは、ふりだしの地点ではないのかも。それより先に、井口克巳が私の小説の中の一エピソードに興味を持ったことこそが、話の始まりなのではないでしょうか。

私はそのことに無意識のうちに気がついていて、その犯人のことを他人事《ひとごと》ではないように感じていたのでは。

少し、考えが混乱していて、自分でもわけがわからなくなっています。とにかく、井口克巳の本棚に自分の小説を見つけて、私はかなりうろたえています。

調べていた対象から、調べなくたっておれのことはあんたがいちばん知っているはずじゃないか、と言われてしまったような。

今私は、井口克巳が警察での取り調べでどう語っているのか、その調書を手に入れて読んでみたいという誘惑にかられています。そういうものは部外秘のもので、入手はできないのかもしれませんが。

でも、井口克巳が取り調べに対して、どうして女の性器を切り取ったのかを、どう説明しているのか非常に気になります。

ある小説を読んで、やってみたいな、と思ったんです、と言っているのかどうか。

それを知るのはとてもおそろしいのですが、知らずにはいられない気分です。

私はあらためて井口克巳がわからなくなりました。こうなってみると、何ひとつわからないという気がしてしまいます。

藤内真奈美も、井口克巳も、どちらも私の中にいるということなのでしょうか。

もう少し頭の中が整理されてから、またお手紙を出します。とりあえずは、私が思いがけないことに気づかされ、ショックを受けているというご報告だけにしておきます。

中澤博久拝

十月二十五日

須藤陽太郎先生

自分にあてられたのではない手紙を読むのは疲れることだった。そのまだるっこしい手紙から、新しい事実が少しずつ明らかになってくるのが、ひどくわずらわしいことに思えた。

手紙を読み終えた時、私は根拠のないままに確信していた。中澤博久という作家は私ではない。

不思議なことだが、記憶はないままに、私には私の個性があるのだ。その個性は、中澤という作家の奇妙な個性とははっきり別のものだという気がするのだ。

きのう治療師の言ったことは私を宙ぶらりんの気持にさせるための出まかせであろう。

「どうですか。読んでみてどう思いました」

「変ですね」

と私は言った。

「読めば読むほど何もわからなくなってくるんだから。いったい、井口克巳はどうしてストーカー殺人をしたんだか、さっぱりわからなくなってしまいましたよ」

「人の心の中の真相は、他人に簡単にわかるものではないのかもしれない」

「最初に事件の記録を読んだ時には、どんな原因があって何がおこったんだか、ほぼわかるような気がしたのに」

「みんな、表面的にはすぐ理解をするんです。父の期待にこたえられず劣等感を持った青年が、復讐《ふくしゅう》のようにある女性を支配しようとして殺したのだとか何とか。でも、それはわかりやすい物語にすぎないんです。井口克巳の本当の心は他人には理解できない迷宮の奥にあるんですよ」

私は治療師の顔を見つめた。この人はいったい何をどこまで知っているのだろう、と考えながら。目の下の皮膚のたるんだ治療師の顔は、何かにとりつかれているかのように見えた。

「こういうこともあるんじゃないですか」

私は思いきって言うことにした。ただ導かれるままに治療を受けていることにあきたらなくなってきたのだ。

「井口克巳のことを調べたいろんな文章を読めば読むほどわからなくなっていくのは、書いた人が同じ人だからじゃないですか」

「それは……」

「今日読んだ手紙で、私がいちばん初めに読まされた『一見今日的な犯罪』という記録文を書いたのが、中澤という作家だったことがわかりました。つまり、いろいろ読まされてはいるんだけど、週刊誌の記事のコピー以外は、みんな中澤という人の書いたものなんです。その人が事件に興味を持って、小説にしようとしているのかどうかはよくわからないけれど、調べたり、考えたりしているわけです。だから井口克巳のことがどうもくっきりとわからないんですよ。だって中澤という人にそれがわかってないんだから」

「この作家は取材して、出てきた事実だけを書き並べていると思うんですが」

「でも、井口克巳を理解しようとしていますよ。それでなんとなく、そういう異常な犯罪をする犯人を、自分の理解できるワクの中におしこめようと努力しているような気がしますね。どんな異常な人間でも、根本は私と同じ人間のはずだと決めつけていて、なんとか井口克巳を自分のところに引っぱってこようとしているような気がします」

治療師は、うーん、となるような声を出し、首を大きくひねった。

「だから読んでも読んでも何もわからないんじゃないかと思いますね」

「この作家のことはどうでもいいんです。ただ、これらの文書をある事件についての記録だと思って読んで下さい。新聞記者などでも知り得なかったような細密な情報がまとめてあるところに価値があるとして」

「この作家のこと、どうでもよくないと思うんです」

私は治療師の顔を見て言った。

「だって、あなたが中澤という作家なんでしょう」

治療師は大きく息を吸って私を見た。目と目が合った。

「いや、そんなことはありません。私は医者ですから」

「ここの看護婦にきいたんですが、あなたはこの病院の医者ではないということです」

「別の病院から、この実験治療のために出張してきてるんです。ここの医師に知りあいがいて依頼されたものですから」

「あなたが中澤という作家であるとしか考えられないですよ。そうでなければ、私に読ませた取材記録の文書や、手紙の写しを持っていることに説明がつきませんから。読ませてもらった手紙は中澤という作家が、須藤という先輩作家に出した私信なんですから。それの原物ではなくコピーを持っているのは、手紙を出した側の人物でしょう」

「それを私が入手した事情は治療とは関係ないことですよ。ある偶然から手に入れ、治療に有効だと判断したので使っただけです。私は中澤という小説家ではありません」

そう言う治療師の語気には、隠そうとして隠しきれない動揺が感じられた。

「そんなの変ですよ。あなたは、井口克巳のことを知りたくてたまらない小説家の中澤さんなんでしょう。それ以外には考えられないですよ」

私がそう言った時、実験治療室のドアが開いて、堀内医師が入ってきた。

「ちょっと混乱があるようですね」

と、堀内医師は言った。マジック・ミラーのむこうから様子を見ていたのだろう。

「無理をしちゃいけないので、今日の治療はここまでにしておきましょう」

もちろん私にはそれに逆らうことなどできず、自分の病室に戻された。

その七日後（供述調書）

私への実験治療は中止になった。あの治療師と会うことはなくなり、様々の文書を読まされることもなくなった。私は堀内医師に、それとなくあの治療を続けないのですかということをきいてみたが、しばらく様子を見たほうがいいから、という答だった。

私は実験治療が中断した日から七日後に、井口克巳の供述調書を手に入れた。病院関係者に頼んで、それを入手してもらったのだ。そのようにはかってくれたのは、病院側もそれが私の治療に有効なことだと判断したからであろう。

その調書は、次の通りのものである。

なお、私はそれらの調書を読んでも何も思い出さず、私の記憶喪失は少しも改善されてはいない。

第一の調書

本籍　東京都豊島《としま》区千早《ちはや》三丁目×番×号

住居　東京都板橋区志村一丁目×番×号

職業　大学生

井口克巳

昭和×年六月一八日生（二二歳）

右の者に対する殺人及び死体損傷被疑事件につき、平成×年八月四日警視庁中野警察署において、本職は、あらかじめ被疑者に対し自己の意思に反して供述をする必要がない旨を告げて取り調べたところ、任意次のとおり供述した。

一　私の生まれた所は宮城県仙台市内の青葉台病院です。

二　私の前科前歴についてですが、ありません。

三　私の学歴は、昭和×年三月板橋区立桜台小学校を卒業、平成×年三月板橋区立中沢中学校を卒業、平成×年三月東京都立松ガ根高等学校を卒業、二年間の浪人生活の後、平成×年四月私立海南経済大学経営学科に入学し、今もそこに籍を置いています。なお、去年その大学の一年生課程を留年したので、今現在も一年生です。

四　私の家族関係についてですが、現住所に、父井口隆吾（五二歳）、母里枝（五一歳）、弟冬樹（一七歳）と一緒に住んでいます。

五　私の父の職業は歯科の開業医であり、板橋区小豆沢《あずさわ》一丁目×番×号で、井口歯科医院を開業しています。母は主婦専業であり働きに出てはおりません。弟は都立柏崎高等学校の二年生です。

六　私の学生生活についてですが、去年の四月に海南経済大学経営学科に入学したものの、一〇月ころからほとんど登校しておりません。その理由のひとつは、入ってみたところ大学の授業が面白くなく、行くのがだんだん苦痛になってきたからです。二浪していますので、同学年の学生が年下で、話が合わず、友人ができなかったのも原因のひとつです。また、私の父は私に、国立かまたは有名私立大学の歯学部に入り、将来歯科医を継いでほしいと希望していたので、そうではない大学の学科に進んだことで、よく私をなじりました。あんなところはろくな大学ではない、という趣旨のことを何度も言われたことがあり、私もだんだん、そんな大学に通っても無意味だと思うようになりました。それで、去年の一〇月ころから、大学内で学園祭の準備があわただしくなるにつれ、興味も薄れ、大学へ行かなくなったのです。その結果、自動的に留年ということになりました。ただし、母が私に、どうしても大学は出てほしいと言うし、そのうち気が変って大学へ行きたくなるかもしれないとも言うので、そうかもしれないと思い、退学願いを出すことはせず、二年目の学費も納入し、形式上は海南経済大学の一年生に籍を置いています。

七　私の日常の生活についてですが、大学へ通っていませんので、おおむね一日中自宅の自分の部屋にいて、ぶらぶらと遊んでいます。私の部屋は母屋に接する別棟のはなれであり、私は家族に私の部屋には入らぬよう言ってあるので、誰にも邪魔されずに好きなことができます。そこで音楽をきいたり、レンタル・ビデオを見たり、読書したりして時間をつぶすことが多いです。また、父が家にいる日曜日などには、パチンコ店やゲーム・センターへ行って時間をつぶすことがあります。おおむね、家族とはあまり交渉していません。母は、私が時々暴力をふるうので、私の言うことに逆らわないようにしています。父は私に対しては存在を忘れているような態度でいます。

八　私の収入についてですが、アルバイトをしていませんので、原則的には無収入です。しかし母から、毎月平均二〇万円ほどの小遣いをもらっています。父もそのことは知っているはずですが、特に何も言いません。

九　それでは、平成×年七月五日午後五時三〇分ころ、中野区本町四丁目×番×号スカイハウス二〇五の室内で、私が会社員の藤内真奈美（二四歳）に対してしたことについて、ただ今から詳しくお話しします。

一〇　当日のことを話す前に、私が藤内真奈美と知りあったところから順を追ってお話しします。最初に藤内真奈美と会ったのは、昨年平成×年一二月五日のことで、その日、大学の先輩である宇野充雄（二六歳）に誘われ、豊島区西池袋にあるカラオケ・パブに行き、そこで紹介されたものです。カラオケ・パブの店名は忘れました。

その会合は宇野充雄が仕事の関係で知りあった独身の男女を集めて親睦《しんぼく》のために開いたパーティーのようなもので、男女それぞれ四名、合計八名がいました。私以外はすべて社会人で、学生は私一人だったので、話題がかみ合わず、場違いなところへ来てしまったなと後悔したほどで、自分から期待して参加した会合ではありませんでした。

一一　会合にはビールが出されており、私もそれを飲んでいましたので、少し酔っていたと思います。しかし私は自宅でもよくビールを飲んでおり、三本ほど飲んでも特に乱れるということはないくらいですから、そこでも酩酊《めいてい》していたという事実はありません。

　一時間ほどたったころ、私の隣に藤内真奈美がすわったので、軽く自己紹介をしあうような会話を交しました。私は自分が学生であることと、宇野充雄との関係と、親の職業などについて話しました。藤内真奈美は勤めている会社で、どんな仕事をしているかなどのことを話しました。

　そうしている時に、誰かが私も一曲歌うべきだと提案し、みんながそれに同意しましたので、断ることができなくなりました。私はカラオケはあまり得意ではないので、困ったような顔をしていると、藤内真奈美が、デュエット曲をいっしょに歌ってあげるから、と提案してくれました。その心配りが私にはとてもうれしくて、彼女に好意を持ちました。

　そこで、二人で歌ったあとも、彼女といろいろと話をし、彼女の実家のことや、どのあたりに今現在住んでいるかなどのことを知りました。

一二　結局、その会合で私は藤内真奈美に好感を抱《いだ》き、好意を持ったのですから、その心境をもう少し詳しくお話しします。

さきほども言いましたように、初めは特別な気持などなかったのに、私が歌を歌うはめになって困っているところへ、いっしょに歌ってあげると助け舟を出してくれたことで、いっぺんに私は藤内真奈美に好印象を持ったものです。それまでなんとなくその会合の中で私一人だけ場違いに浮いているような居心地の悪さを感じていたので、そんな私に対して助けの手をさしのべてくれた彼女の優しさに感激したのです。また、彼女とデュエット曲を歌っている間も、私の肩に手を置いてラブソングを歌ってくれる彼女に対し、私への好意を感じ取り、ますます好きになったわけです。そんなわけで、会合の後半には私も積極的に彼女と会話を交しました。周りのみんなから、この二人はアツアツだなあ、という声がかかったほどですから、決して私の一人相撲《ひとりずもう》ではなかったと思います。試みに私が彼女の自宅の電話番号をきいてみると、すぐに手帳の頁《ページ》を破ってメモを書いてくれ、同時に、私の電話番号をきいてメモしていたくらいですから、少なくともあの瞬間には、二人の間に精神的に通いあうものがあったような気がしています。
一三　その日は午後一〇時三〇分ころ、何事もなく会合が終り、いっしょだったメンバーと別れて帰宅しました。ところが、日がたつにつれて私の中で藤内真奈美に対する思いがつのっていき、もう一度会って話がしたい、それが無理なら声だけでもききたい、という気がしましたので、一週間ほど後の夜、彼女の自宅に電話をかけました。正確な日付は忘れましたが、午後九時ころのことです。

藤内真奈美は自室にいて電話に出ると、私のことを覚えており、親しげな調子で会話をしました。私のほうも、特に用件があるわけではなく、先日は楽しかったですね、というようなことしか言うことがなかったのですが、彼女が親しく会話をしてくれるので、嬉《うれ》しくなっていろいろの雑談をしました。あの会合の世話人だった宇野充雄との関係や、その人の噂話《うわさばなし》などです。それから、正月はどこでどう過ごす予定か、などのことも話しあいました。

言い忘れましたが、その電話は私の自室から、携帯電話を使ってかけたものです。通話はおよそ三〇分ほど続き、最後には私から、楽しかったからまた電話してもいいですかという質問に対し、藤内真奈美はもう少し遅い時間のほうが確実に家にいると思うけど、と答えたものです。私は、相手が長話にも楽しくつきあってくれた上に、また電話しても迷惑ではないと言ってくれたことで、自分が好意的に受け入れられていると感じ、大変に満足な気分になりました。そして、ますます彼女に対して恋情を抱くようになったのです。

一四　ところが、それから更に一週間ほど後、日付は忘れましたが一二月の二〇日ころだったと思いますが、午後一〇時ころに藤内真奈美に電話をしますと、その時はそれまでとは少し様子が違っていました。

まず初めに彼女は、栃木県宇都宮市の実家から母親が電話をかけてくることになっているので長話をしているわけにはいかないのだ、ということを言いました。そこで私は、用件である、クリスマスかその前後の都合のつく日に一度会いたいのだが時間をとってもらえないだろうか、ということを言いました。もう一度藤内真奈美に会って直《じか》に話をしたいという思いがつのっていたからです。

ところが彼女は、年内は忙しくてスケジュールがつまっていて無理だと答えました。それから、クリスマスにデートをするのは恋人同士であることが普通で、私たちはまだ一度会ったことがあるだけだから、それはちょっとおかしいのでは、という意味のことを言いました。

それで、それ以上会話を続けることができなくなり、心残りな気持のまま電話を切ったのですが、それ以来私は非常に安定しない精神状態になってしまいました。というのは、クリスマスのデートの誘いをして断られたのですから、自分の思いは受け入れられなかった、つまり失恋したということであり、それをせつなく思います。ところが一方で、こんなふうにつれないしうちを受ければ、ますます思いがこうじてしまうものであり、これが恋というものなんだ、とも思うのです。すなわち、二度目の電話の時に少し冷たくされたことによって、むしろ恋心が強まってしまいました。

そのころから私は藤内真奈美のことばかりを考えているようになりました。

一五　そういうわけで、今年の正月に私は、元旦《がんたん》から毎日藤内真奈美のところへ電話をかけてしまいました。ただし、一月四日までは、かけてもかけても留守番電話になっており、私は伝言を録音することもなく、すぐに切っていたのですが。
　彼女から、正月は宇都宮の実家に帰る予定だときいていたので、留守なのは予想できていました。それでも、なにか彼女のところへ電話をかけるということ自体が、二人のつながりの確認のような気がして、かけずにいられなかったのです。

　一月五日の午後八時ころ、ようやく彼女が電話に出て、少しだけ話をすることができました。私は、明けましておめでとう、と言いましたが、彼女はそれに答えず、今、お客が来ているのでまたかけ直してほしいと言いました。

　二人が話した時間は一分ほどだったと思います。

一六　そこで私は、たとえ彼女に相手にされないとしても、フラれるのはもう一度会ってからにしようと考えました。初めのうちは彼女もとても親しげな態度をとってくれたのだから、会えばまたそういう関係に戻れるかもしれないと考えたのです。
　私はコンサートのチケットを二枚購入してから、一月一五日午後九時三〇分ころ、藤内真奈美のところに電話をかけました。私はなるべく自然な調子で、もう一度会いたいのだが、ということを告げ、コンサートのチケットが二枚あるからいっしょに出かけませんか、と誘いました。

するとと藤内真奈美は初めのうち逡巡《しゅんじゅん》するようなことを言っていましたが、次第に、しつこく誘われるのは迷惑であるということを言いだしました。特に、まだ約束が成立する前に私がコンサートのチケットを買ったことについて、そういう一方的なやり方はひとの行動を縛ることで、いい気持がしないと言いました。そして最終的には、自分にはつきあっている恋人もあり、あなたと特別に親しくなるつもりはないので、もう電話をかけてこないでほしい、ということをはっきり言われました。

一七　私はその電話ではっきりと自分が失恋したことを理解したのですが、それで恋情が消えたわけではありませんでした。その時の私の心理は、藤内真奈美にはっきりと拒絶されたことを悲しく思う一方で、ますます彼女のことを好きになるというものでした。すなわち、相手が私のことを好きでないのは悲しいことだが、そうだとしても、私の彼女への思いはそれとは別のことだというふうに考えたのです。相手がどう思おうとも、私がその人を好きだという事実は変化しないし、むしろますます強くなるほどでした。

なぜそんなふうに思ったのかは自分でもよくわからないことで、うまく説明できませんが、出会った最初の印象があまりによかったので、そこを基準に考えたのだと思います。私の心理状態が、いわゆる冷たくされてますますのぼせあがる、というものだったのかどうか自分でもわかりませんが、たとえ相手がどう思おうが、こっちは相手を愛しぬく、というような強い決意が生じたのは確かです。

一八　そういう心理状態から、私は藤内真奈美につきまとうようになっていったのであり、今でも自分としてはそれは恋愛だったと思っています。その恋愛感情によって私は藤内真奈美を殺害するに至るのであり、その事実に間違いはありません。

井口克巳　㊞（指印）

右のとおり録取して読み聞かせたところ、誤りのないことを申し立て署名指印した。

前同日

警視庁中野警察署

司法巡査　坂井昌也　㊞

第二の調書

本籍、住居、職業、生年月日　省略

井口克巳

右の者に対する殺人及び死体損傷被疑事件につき、平成×年八月一二日警視庁中野警察署において、本職は、あらかじめ被疑者に対し自己の意思に反して供述をする必要がない旨を告げて取り調べたところ、任意次のとおり供述した。

一　私は、本年七月五日午後五時三〇分ころ、中野区本町四丁目×番×号スカイハウス二〇五の室内で、藤内真奈美を殺害したことなどで逮捕されていますが、これからこの事件のことについてお話しします。

二　前回、私が藤内真奈美からはっきりと、もう電話をかけてこないでくれということを言われたところまでお話ししました。それは本年一月一五日のことです。そのことがあって、普通ならば恋情がさめるものかもしれませんが、私の場合にはそうではなく、むしろますます思いが強くなっていったのです。思っても実らぬ恋ではないかと言われればそのとおりなのですが、何が何でも愛しぬこうというのが私の実感でした。

三　でも、もうかけてくるなと言われたので電話がかけにくくなりましたので、私は手紙を書いて出しました。その手紙は藤内真奈美の室内から発見されていないということを警察でききましたが、彼女が破り捨てたのだろうかと思います。私が都合二回、藤内真奈美あてに手紙を出したことは事実です。

一通目の手紙では、あなたに少し嫌われてしまったようですが、私があなたを慕う気持は強く、これからも変らないという主旨のことを、便箋《びんせん》三枚ほどの長さに書きました。具体的には思い出せませんが、愛している、とか、いつかあなたを自分のものにしたい、という表現などを使ったと思います。

二通目の手紙では、たとえあなたが永久に私を愛してくれなくても、それには構わず

私はあなたを愛す、そしていつか手に入れる、という決意を書いたように記憶していま
す。そういう手紙を書いているうちに私の思いはそのとおりに固まっていったような気がします。つまり、愛した女性に愛されないことはつらいことですが、それだけではなくて、一種の怒りにもつながっていると思うのですが、私の場合、その怒りからますます愛し続けるというエネルギーになっていったのです。嫌われても愛し続けるという復《ふく》讐《しゅう》が始まったのかもしれません。
もっとも以上のようなことは、藤内真奈美を殺害してしまったあとになってだんだん考えついたことであり、その当時は自分でも自分が何を考えているのかわからないまま、感情のおもむくままに行動をしていました。

四

私の出した手紙に対して藤内真奈美から返事が来ることはなく、私は結局、彼女のところへ電話をかけるようになってしまいました。最初の電話は三月のことだったと思います。そのころ、留年のことが決まり、なんだか気分がむしゃくしゃしていたので、救いを求めるように彼女のところに電話をかけていたのです。

しかし、もう電話をかけてこないでくれと言われているのですから名のるわけにはいきません。私は声を出さず、もしもし、などと言う彼女の声をきいていただけです。

それが、いわゆる嫌がらせのための無言電話とよく似たものであったことは認めますが、私の心情では、嫌がらせをしたかったわけではありません。私は藤内真奈美のとこ

ろに電話をかけることによって、二人の結びつきを確認し、それをますます強めようとしていたのです。その電話のことを藤内真奈美が気味悪く思うであろうことには配慮をしませんでした。

それで、初めのころは週に一度くらい、四月、五月のころには二日に一度くらいの頻度で藤内真奈美のところへ電話をかけるようになりました。五月くらいからはずーっと留守番電話になっていましたが、それでも留守番メッセージをきくだけでも、二人のつながりを確認できたような気がして満足でした。

五

そのころ、私は藤内真奈美の住んでいるアパートの場所をつきとめました。四月の末ころの日曜日のことだったと思いますが、地下鉄丸ノ内線新中野の駅近くで、半日ほど彼女が通りかかるのを待ちぶせし、現れた彼女を尾行してアパートの場所を知ったのです。彼女がその駅の近くに住んでいることは以前の会話から知っていました。

それで私は、以来土曜日や日曜日などにしばしば、彼女のアパートまで行きました。行っても正式に訪問するのではなく、近くをうろついて彼女の部屋の窓を見ていたりしただけです。都合一〇回くらい、アパートへ行っていると思います。ただし、ドアをノックしたことはなく、ましてや彼女あてに来ている手紙などを盗んだりしたことは一度もありません。

日曜日だと、彼女が部屋の中にいるらしい様子なのがなんとなく気配でわかったこともあります。そんな時には、その部屋の窓を見ているだけで満足な気分になりました。そのことが私と彼女の一種のデートだったからです。つまり、彼女がある意味で私の監視下にあるということは、私の支配下にあるということであり、その支配関係こそが私にとっては愛の関係だったのです。

六

ところが、五月の末ころだったと思いますが、藤内真奈美のところへいつものように電話をかけますと、お客様のおかけになった番号は現在使われておりません、という録音がきこえてきました。何度かけ直しても同じです。

私はすぐに、彼女が電話番号を変更したのだと気がつきました。そして、ひどく失望しました。これで、自分と彼女をつなぐ線が切れてしまったように感じたのです。

そして、落ちついて考えられるようになると共に、だんだんと複雑で奇妙な感情がわいてきました。それは、藤内真奈美がどうしても私との関係を切りたいと思うならば、殺すしかないな、という考えでした。

それは、私を好きにならないことに腹を立てて仕返しのために殺すというのとは違っています。私に愛されたことで、彼女には私を拒絶する自由はないのだから、そのことをきっちりとわからせなければならない、と考えたのです。そのために殺すのだと考えました。そして、藤内真奈美を殺すことを考えていると、私は非常に満ちたりた幸福感を覚えました。

わかりにくいかもしれませんが、私の考えたことはこういうことです。私の愛によって藤内真奈美を完全に支配することが、愛の成就なのですから、彼女をすべて私の支配下に置かなければなりません。彼女を私の手で殺すというのは、彼女の全人格を私の中に握るということですから、愛の完成になる、と考えたのです。ですから彼女を殺すことを考えている間は非常に満足でした。

七　そういうわけで、藤内真奈美を殺害しようと考え始めたのは、直接的には彼女が電話番号を変えたことがきっかけです。それで、六月ころには私は、しきりに藤内真奈美を殺すことばかり考えていました。家族との間にはもともと交流が少なかったのですが、そのころはほとんど口をきくこともなく、ただ自室にこもって殺すことを考えていたのです。

そのころの私のことが、他人の目にはどう見えていたのか、これまで考えたことがありませんでした。他の人間のことはどうでもいいという心境だったのです。

ただし、今になって考えてみると、あのころの私は、何かにとりつかれたようにぼんやりしていて、目の前にはない頭の中の空想に夢中になっているように見えたであろうと思います。

頭の中で私の人格が二つに分かれてしまったような感じがしました。一方の私は、藤内真奈美を愛しく思い、彼女のすべてを許し、彼女が私を愛さないことまでをも認めているのですが、もう一方の私は、愛ゆえに彼女に罰を与えなければならないと考えるのです。早く殺して自由を奪ってやることが、彼女の誤りをくい止めることで、愛のために必要なことだという気がしたのです。

ですから、私は藤内真奈美を殺す空想をしきりにしておりました。それを考えている時は非常に満足でした。

八

藤内真奈美を殺したあと、死体から性器のところを切り取って持ち帰ろう、という考えが浮かんだのは、確か六月一五日の日曜日のことです。その日私は、午後四時ころに藤内真奈美のアパートの近くへ行き、彼女の住む部屋の窓のあたりを見ていました。窓が少し開いていて、カーテンがかかっているので中の様子は見えませんでしたが、彼女が室内にいることはわかっていました。

そういう窓を、道に立って見上げているうちに、こんなところにいないで私の部屋へ来なくちゃいけないんだよ、という気がしてきたのです。彼女は私のものなんだから、私の手元にいつもいるべきだ、という考えでした。

いったんそう思うと、それはとてもいい考えのように思えましたし、ぜひともそうしたくなりましたので、私としては、殺したら彼女を自分の部屋に持ち帰ろうという空想にひたり始めました。そしてすぐに、死体そのものを持ち帰ることは不可能なので、性器のところだけでいいと思いつきました。

それはやはり、私は女性としての藤内真奈美を愛しているのだから、彼女の女性としての部分を手に入れるしかない、という考え方によるものでした。そう考えついてからは、私はずーっとそのことばかり考えているようになり、必ずそうしようという決意が固まっていきました。

九

それでは、事件当日のことをお話しします。本年七月五日の午後四時ころ、私は中野区本町四丁目×番×号にある、藤内真奈美の住むアパート、スカイハウス二〇五を訪ねました。その時には私は、その日藤内真奈美を殺すことを決心しており、アーミー・ナイフやビニール袋などを、ショルダーバッグの中に入れていました。

ところが、二〇五号室のドア・チャイムを鳴らしても応答がなく、藤内真奈美は留守でした。その日は月の第一土曜日であり、彼女の会社が休みであることを知っていたから来たのでしたから、外出中であることは予定外で、どうしたものか迷いました。それで、一度は、今日は中止して別の日にしようかとも考えましたが、やっぱり決意した日にやらなければいつまでたってもできないし、それでは彼女を手に入れることが自分には不可能ということになるのだと思い直し、彼女が帰ってくるのを待つことにしました。それで私は新中野駅の近くのゲーム・センターに入り、ゲームなどをして時間をつぶしました。でもその時、これから自分がする殺人のことで頭がいっぱいで、ゲームにはまったく集中できませんでした。

そのゲーム・センターで一時間ちょっと時間つぶしをしたあと、もう藤内真奈美は帰っているだろうかと考えてアパートへ戻りました。それが午後五時三〇分ころのことだったと思います。

私は部屋のドアの前に立って中の物音をうかがってみましたが、その時中で確かに音がして、彼女が帰宅していることがわかりました。それから私は三分間ほどそこでじっと中の物音をきいていました。それは、彼女が部屋に一人でいるかどうかを確認するためです。外出先から誰かを伴って帰宅していることも考えられましたし、その場合は計画をあきらめるしかないと思っていました。ところが、彼女以外の人間が中にいる様子がなさそうなので、私はやることを決意しました。

一〇 私はドア・チャイムを鳴らしました。そして、ドアののぞき穴から顔を見られて彼女が警戒することのないように、穴からなるべく離れたところに立ちました。そして私は、もし彼女がドア・チェーンなどをかけた状態で用心深く応対するならば、宅配便業者を装うつもりでおりました。

ところが、藤内真奈美はそういう用心をすることなく、いきなりドアを大きく開けたので、私は宅配便業者を装うこともなく、強引に部屋の中に入ってしまいました。後に警察できかされたことですが、その日藤内真奈美は六時ころに客を迎える約束をしていたとのことで、その客が来たと思い、あんなにあっさりとドアを開けたのだろうかと、推測できます。

とにかく、ドアが開いたので私は室内の靴脱ぎのところに入ってしまい、私の背後でドアが閉じました。そうなってから、彼女は私が誰であるのかに気がついたようであり、何の用ですか、帰って下さい、ということを、怒ったような口調で何度も言いました。

私はその場をごまかすために、プレゼントを持ってきたんだ、ということを言いましたが、なんだか場違いな感じで、彼女は全然信用しませんでした。そして、来ないでくれ、帰ってくれ、ということを言いながら、部屋の奥へあとずさっていきました。

そこまででも、彼女がかなり大きな声を出していましたので、私は近所の住人にききつけられるのではないかと気が気ではなく、早く彼女を黙らせるしかないと決心しました。

一一　私は自宅でそれまでに何度も空想していたとおりに行動しました。靴をはいたまま藤内真奈美の部屋にあがりこみ、奥の部屋に彼女を追いつめました。この時自分が言ったことを私はほとんど覚えていません。また、彼女が言ったことも私の耳には届いていないような状態でした。私は彼女にとびかかり、両手で彼女の首を摑《つか》み、しめあげました。その時彼女は、やめて、お医者じゃなくても、という意味不明の言葉を、かなり大きな声で叫ぶように言いました。その意味もわかりませんでしたし、悲鳴がひとにききつけられてもいけないと思いましたから、黙らせるために夢中で首をしめました。

そうやって、いわゆるもみあいの状態が二分くらい続いたと思います。私は彼女に耳の下を引っかかれました。また、もみあううちにライティング・デスクにぶつかったりもしました。

しかし、細かいことは、夢中だったのでよく記憶していません。とにかく、彼女をそれ以上騒がせないように早く殺そうということしか考えていませんでした。

やがて、しめている彼女の首が、ボキッと大きく骨の折れるような音をたてたので、私は我に返りました。藤内真奈美の目は白目がむかれ、口からだらんと舌が出ていました。それから、彼女が小便をもらしたらしく、畳の上がびしょぬれになっていました。

そこで手をはなすと、彼女の体は畳の上に崩れ落ちました。

それから私は、彼女が死んでいるかどうかを、呼吸の有無で確かめました。一分間ほど、口と鼻の前に手をあてていましたが呼吸がないので、死んだのだと思いました。

そこで私は、予定していたとおり、彼女の性器のところを持ち帰る作業にとりかかりました。スカートを初めはまくりあげようとしたのですが、死体の尻が重くて作業が大変だったので、脱がせました。それから、パンティストッキングを脱がせ、次にショーツを脱がせました。

その時の心境をきかれても、無我夢中でよくわからなかったとしか答えられません。とにかく、そこを切り取って持ち帰るのだということで頭の中がいっぱいでしたから。

私は、ショルダーバッグの中から、用意してきたアーミー・ナイフを出し、それで死体を切りました。そのナイフは、二年ほど前に上野の米軍関係の放出品を売っている店で買ったもので、それを人の体に対して使うのはその時が初めてでした。

そして、やってみると、女性の体から性器のところを切り取るというのは、とてもやりにくい作業でした。いろいろと硬いところに当たって、ナイフが入っていきませんし、肉は想像していたより切りにくいもので、ひどく手間どりました。その上、思っていたより量の多い血であたり一面が真っ赤にぬれ、手がぬるぬるとすべるので自分のナイフで怪我《けが》をしそうでした。

それで、その作業に一五分くらいかかってしまいました。ところがちょうど作業が終った時に、藤内真奈美の口から、ゲプッ、という大きなしゃっくりのような音がしたので、私は彼女が生き返ったのかと思い、死ぬほど驚きました。全身に鳥肌が立って、腰が抜けそうになったほどです。あの時ほどゾッとしたことはありませんでした。

しかし、確かめるまでもなく藤内真奈美は死んでいました。もう音をたてることもありません。彼女の死体の下半身は血だらけになっていました。

一三　私は、ショルダーバッグから、用意してきたビニール袋を出し、そこに藤内真奈美の性器を入れ、その袋をバッグにしまいました。それから、死体を何かでおおい隠しておこうと考え、押入れを開け、中から掛蒲団《かけぶとん》を出して死体にかけました。ナイフもバッグにしまいました。

そしてその部屋を出ようとしたところ、靴脱ぎのところの横にある下駄箱の上に皿がのっており、その皿に鍵《かぎ》が三本ついたキー・ホルダーがあったので、この鍵でドアをロックしておいたほうが死体の発見が遅れるだろうと考えました。そこで鍵を試してみると、最初の鍵でうまくロックできました。私はその鍵をキー・ホルダーごとズボンのポケットに入れて、アパートから立ち去りました。幸い、私がそこから出てくるところは誰にも目撃されていませんでした。

一四 少し歩いてから、私は自分の両手が血まみれで真っ赤であることに気づき、ハンカチを出して手をぬぐいました。しかしそれでも血は十分にぬぐい取れなかったので、地下鉄新中野駅のトイレに入り、手洗いの水でよく洗い落としました。その時に確認したのですが、ジーンズにもいくつか血の染みがついていましたが、それはふき取りようもないものですし、そんなには目立たないだろうと考えて、そのままにしました。今思うとそれらの行動がなんだか夢の中の出来事のような気がします。

一五 板橋区志村の自宅に戻ったのは七時三〇分近くだったと思います。私は家族の者と顔を合わさないように自室に入り、それから藤内真奈美の性器のところをビニール袋から出し、家族に見つからないように風呂場へ行き、タイルの上で水洗いしました。

それからまた自室に戻り、冷蔵庫の中にしまいました。私の部屋には、以前に祖母が生きていた時に使っていた冷蔵庫があるのです。

私は前々から、藤内真奈美の性器を、腐らないように冷凍していつまでも保存しようと考えていたのですが、その時ふと、アイスクリームの中に埋めこんでおくということを思いつきました。それは、性器がカチカチに硬く凍ってしまうより、甘くて柔らかいアイスクリームに包まれて凍っていたほうが、いつまでもソフトに、生き生きと保存できるような気がしたからです。

そこで私は、近所のスーパーへ行き、一リットル入りのアイスクリームの大カップを買ってきました。その中に性器を埋めこんだのはその日の夜、午前〇時三〇分ころのことです。初めのうちはアイスクリームが硬くてうまくいきませんでしたが、作業をしているうちに溶けて柔らかくなってきて、理想的に性器を埋めこむことができました。

一六　以上が、本年七月五日、私が藤内真奈美を殺害した経緯です。記憶が薄れていることもあり、何かを言いもらしているかもしれませんが、故意に嘘《うそ》をついているところはありません。

一七　私が藤内真奈美を殺害したことは、世間的には悪いことだと承知していますが、私の愛のためには必要なことだったと今も考えています。藤内真奈美にとっても、それはやむを得ないことであり、むしろ、これで完全に私と結ばれたのだから幸せなことだったと思っています。ただし、私のそういう考え方は他人にわかってもらえないことかもしれないので、私はそのことでどんな処罰を受けても逆らわず受け止める気持でいます。

井口克巳　指印

右のとおり録取して読み聞かせたところ、誤りのないことを申し立て署名指印した。

前同日

警視庁中野警察署

司法巡査　坂井昌也　印

第三の調書

本籍　東京都豊島区千早三丁目×番×号

住居　東京都板橋区志村一丁目×番×号

職業　大学生

井口克巳

昭和×年六月一八日生（二二歳）

右の者に対する殺人及び死体損傷被疑事件につき、平成×年九月九日東京地方検察庁中野支部において、本職は、あらかじめ被疑者に対し自己の意思に反して供述をする必要がない旨を告げて取り調べたところ、任意次のとおり供述した。

一　私は、本年七月五日午後五時三〇分ころ、中野区本町四丁目×番×号スカイハウス二〇五の室内で、藤内真奈美（二四歳）を殺害したことなどで逮捕されていますが、これからこの事件のことについてお話しします。

二　この日の午後四時ころ、私はそのアパートへ藤内真奈美を訪ねていますが、その時にはもうくっきりと彼女を殺そうという決意が固まっており、死体を切除するためのアーミー・ナイフや、死体の一部を持ち帰るためのビニール袋などを持参していました。当日、藤内真奈美と面談してから、偶発的に殺意を抱いたものではありません。

私がなぜ藤内真奈美を殺そうと考えたのかについてですが、それは私が彼女のことを深く愛したからだという気がしています。

私が藤内真奈美のことを好きになり、しばしば電話をかけているうち、本年一月一五日に彼女から、自分には別に好きな人があるということ、迷惑だからもう電話をかけてこないでくれということを言われました。

また、それよりしばらくあと、私は彼女のところにひんぱんに無言電話をかけるようになっていたのですが、五月の末ころ、彼女が電話番号を変更してしまい、電話をかけられなくなりました。

それらの事実から、私が失恋したことで彼女に恨みを抱き、それで殺したのだと思われるかもしれませんが、私の実感ではそうではありません。私は彼女と知りあって好きになり始めたころから、彼女を殺した時まで、それだけではなく殺したあとの今に至るまで、彼女のことをずっと愛しており、憎しみを持ったことは一度もありません。

三　警察で捜査官の人が、恋した女に袖《そで》にされて、可愛さあまって憎さ百倍、という心理になったのか、ということを言いました。私としては、そういうことではないような気がしています。

現象だけから、私の犯行を説明してしまえば、俗に言う、可愛さあまって憎さ百倍、ということになるかもしれません。しかしそれは私の心理とはかけ離れた表現です。

私は藤内真奈美を愛したので、彼女を支配しなければならなかったのです。彼女が私に対して色よい返事をしなかったことや、ほかに交際している男性がいたこと、私からの電話を受けたくなくて電話番号を変更したことなどは、私が愛した女性の誤った行動であり、それは正してやらなければならないことでしたが、それをもって私が彼女を恨んだり憎んだりしたことはありません。だから私のしたことを、仕返しの犯行だと思われることは心外です。

私が藤内真奈美に対して望んだことは、正しく私の支配下に捉《とら》えてやろう、ということでした。彼女の誤った部分も含めて、私は愛しているのだから、彼女のすべてを支配しなければならないのです。だから私の手で、殺してやるのです。そうすればもう彼女には私以外の存在の意味がなくなるからです。

四　以前にお話ししたとおり、私は殺害した藤内真奈美の体から、性器のところを切り取り、自宅に持ち帰り、冷蔵庫の冷凍室の中に保管していました。

藤内真奈美の死体から性器を切り取った時の心境についてですが、夢中だったのでよく覚えていないというのが本当のところです。

その時の私は、その作業を手早く、正確にやってのけようということに必死だったのだと思います。死体を切り刻むことに対する不快感や恐怖感はありませんでした。そんなことを思うよりも、早くきれいにやらなければということだけを考えていました。

藤内真奈美の死体から性器のところを切り取ることについては、殺してから当日そこで思いついたことではなく、前もって決めていたことです。殺すことによって完全に私のものになった彼女を、私が持ち帰るのは当然のことだと考えていたのです。ただし、死体のすべてをかついで帰ることは不可能ですから、性器のところだけにしたのです。

五　性器のところを選んで持ち帰ることにしたのは、やはりそこが男女の恋愛の原点だと考えたからです。私が彼女を愛して望んだことは、究極にはそこを私のものにしたいということだったわけですから。

六　しかしながら、私が藤内真奈美の性器を手に入れようとしたからといって、その行動を情欲の結果だと判断されるのは当たっていません。藤内真奈美を殺害した時の私が、性的に興奮していたという事実はありません。また、死体から性器を切り取っている時も、私が性的な欲望に突き動かされていたという事実はありません。

私は藤内真奈美を愛していましたが、その愛は、性欲まで含むとはいうものの、その人間のすべてを手に入れたいと希望する愛であり、情欲に流されていたわけではないのです。

私は、知りあってから彼女をどんどん好きになっていく過程において、藤内真奈美とはいっさい性的触れあいをしたことがなく、手を握ったことさえありません。

藤内真奈美の首をしめて殺す時も、殺したあとでも、私の頭の中にはこの女性と性関係を持とうという意思はありませんでした。

殺したあと、彼女の性器のところを切るために、下着を脱がして性器を見た時も、私は性衝動を覚えはしませんでした。そういうわけですから、私のしたことを、性欲の暴走による淫楽《いんらく》殺人のように考えられるのは、当たっていないと思います。

私が望んでいたのは、藤内真奈美への私による完全な支配だったのです。

井口克巳　指印

右のとおり録取して読み聞かせたところ、誤りのないことを申し立て署名指印した。

前同日

東京地方検察庁中野支部

検察官　検事　中西健一　㊞
検察事務官　桜庭《さくらば》常夫　㊞

第四の調書

井口克巳

本籍、住居、職業、生年月日　省略

右の者に対する殺人及び死体損傷被疑事件につき、平成×年九月一九日東京地方検察庁中野支部において、本職は、あらかじめ被疑者に対し自己の意思に反して供述をする必要がない旨を告げて取り調べたところ、任意次のとおり供述した。

一　前回に続いて話をします。私は、本年七月五日に藤内真奈美を殺害に至る前、二回にわたり彼女に手紙を出しています。その手紙の内容は、あなたが私を嫌おうとも、私はあなたを愛し続け、いつか手に入れる、という主旨のものです。

また、三月ころから、私は藤内真奈美のところへ電話をかけ、声を出すことなく、じっと相手の様子をうかがうということをしています。その電話は五月の末ころまで続き、多い時には週に三回ほどかけることもありました。

さらに私は、四月の末ころに、尾行して藤内真奈美の住むアパートを突きとめると、それ以来たびたびそこへ出かけ、アパートの周辺をうろつきました。都合一〇回くらいそこへ行って、時には数時間そのあたりにいて、部屋の様子をうかがっていました。

こうした私の行動は、相手の感情を無視した私の一方的なつきまとい行動だと言われれば、そのとおりだと思います。

二　しかし、私がそれらのつきまとい行動をしていた時、私には彼女を苦しめようとか、脅かそうという意思は少しもありませんでした。それらは、私に彼女を困らせたいという考えがあってしたことではなく、つのる思いにかられておさえきれずにしてしまったことです。

電話をかけたことについても、それがいわゆる嫌がらせの無言電話と同様のものであったことは認めますが、私に嫌がらせをする意図はまったくありませんでした。嫌がらせが目的であれば、一日に何十回となく電話をかけ続けるのが普通だと思いますが、私は一日に一回以上そういう電話をかけたことはありません。

それは私にとって、普通の恋愛中のカップルが会話を楽しんだり、会って手をつないだりするのと同様の、恋の行動だったのです。相手に拒絶されているので声をかけることはできないのですが、二人の間に電話がつながっているということによって、二人の心が通いあう幸福感を味わっていたのですから。

彼女の住むアパートの周辺をうろついたことも、ただあの部屋の中に彼女がいるのだ、こんなに彼女の近くに自分はいるのだ、と感じることが幸せだったからで、時にチラリと彼女の姿を見かけることがあればそれで十分に満足だったのです。決して彼女を脅かす意図があったわけではなく、事実、ドアをノックしたり、声をかけたりしたことは一度もありません。

電話をかけたり、アパートの近くをうろついたりしたことは、私の恋愛行為だったと考えています。

三　それが、藤内真奈美が電話番号を変更することによってできなくなった時、私はひどく失望すると同時に、次の段階へ踏み出すしかないと考えたのです。つまり、より完全に藤内真奈美を支配しなければ、彼女はどんどん間違っていってしまう、と思いました。そして、私による支配を完成させるために、彼女を殺そうと考えたのです。

その時、私の頭の中には普段の私とは別のもうひとつの個性が出てきて、殺さなきゃダメだということを強く考えるのです。

四　頭の中のもうひとつの個性についてお話しします。その前に、あらかじめ言っておきますと、私は過去に精神病にかかったことはありません。精神科の医者に診てもらったこともなく、誰かから精神的に異常だと言われたこともありません。また、自分でも自分のことを精神病だとは思いません。

頭の中の、普段の自分とは別のもうひとつの個性というのは、そんな説明をしたくなるような私の心の動きのことです。普段の私はそう短気なほうでもなく、どちらかと言えば事なかれ主義で、面倒なことは避けて通るようなタイプだと思います。家庭内で、特に母に対してはムカムカして暴力をふるうようなこともありましたが、そういうことをするのは母に対してだけで、それ以外の人間には乱暴を働いたりしません。私は父のことを嫌っていますが、それでもなるべく無視しているだけで、逆らうようなことはありません。

ところが、そういう私にもかかわらず、時として、激しくて命令的な感情がおさえきれずわいて、その感情に支配されるようなことがたまにあるのです。そのことを、頭の中に別の個性が出てきたようだと感じるのです。

その激しい感情は、優柔不断に流れがちな普段の私とは違って、力強く断定的にものを考えます。

藤内真奈美は私のものなのだから、これ以上自由にさせておくわけにはいかない。殺さなければ彼女はどんどん間違っていく。殺すしかないんだ。

そういう思いが激しく走って、私はそのとおりだな、と納得する。その時の私にはそんな心の動きがあったのです。

五　だから、やはり私は、自分の意思によって藤内真奈美を殺すことを決めたのであり、そのことを今現在も後悔はしていません。私の愛はこのような形でしか完成できなかったのですから、こうなるしかなかったのであり、こうなって満足です。ただし、それは私の感じ方、考え方であり、他人は認めないことかもしれません。だから私は藤内真奈美を殺したことで、どんな処罰を受けてもやむを得ず従う考えでいます。たとえ死刑でもしょうがないと思っています。

問　君は二重人格者ですか。ひとからそのように言われたことがありますか。

答　そうではないと思います。ひとにそう言われたこともありません。

問　でも、頭の中の別の個性が、彼女を殺すべきだと命令したのでしょう。

答　それは、まるでそんなふうに激しい考えがふいにわいたことを表現したのです。その考えが、私以外の誰かのものだったわけではありません。

問　これまでにも、そういう激しい感情に突き動かされて行動してしまったことがありますか。

答　はっきりとは覚えていませんが、二、三度あったと思います。

問　それはどんなことですか。

答　ひとつは、高校二年生の時に担任の教師に叱《しか》られて、後悔させてやらなければならないと考え、教室の窓ガラスを叩《たた》き割ったことです。

問　激しい考えがふいにわいてきて、おさえきれずにそうしたということですね。

答　そういう感じです。

問　ほかにもそういうことがありましたか。

答　あったかもしれませんが、今は思い出せません。

問　藤内真奈美さんを殺したことについては今も後悔していないのですか。

答　そうするしかなかったのですから後悔はしていません。

問　それは君のほうの考えであって、殺された藤内さんとしてはそうは考えられないと思いませんか。

答　私が藤内さんを好きになってしまったということがあって、その愛があああいう終り方をするしかなかったのですから、仕方がないんです。

問　殺されたほうはそうは思わないんじゃないですか。

答　それは私の考えることではありません。

問　相手の気持のことはどうでもいいというんですか。

答　だって恋愛ですから、そういうものでしょう。恋愛じゃなくたって、人と人との関係は、互いに一方的で、他方は影響を受けるだけです。

問　人間は他人のことを考えて行動しなくてよいと考えるんですか。

答　よいとか、悪いではなくて、誰も他人のことなど考えない、ということです。親が子供を産む時には、親は子供のことなど考えていません。自分の都合で産むのです。子供はそのことで親に文句を言うことはできません。親が子供を産むのと同じように、私は藤内さんを殺しました。

問　君は父親を嫌っていますか。

答　だいたいそうだと思います。

問　いつごろから、どうして父親を嫌うようになったのですか。

答　はっきりとは覚えていませんが、小学校に入る前というような幼いころからなんとなく父を嫌っていたと思います。理由は、父が権威的で、家庭内のことはすべて自分の思うとおりにするという傾向だったからです。

問　君が大学の歯学部へ入れなかったことで、父親は君を非難しましたか。

答　しました。

問　そのせいでますます父親を嫌うようになったのですか。

答　そうだったと思います。

問　君の父親への憎しみと、今度の事件とは関係がありますか。

答　ありません。私は家族とは関係なく人を殺しました。

問　父親に非難されていたことで、やけくその気分になってしたことではないと言うのですね。

答　それは関係ありません。父のことは藤内さんとは無関係です。

問　君は母親に対してはどんな感情を持っていますか。

答　母のことも、どちらかと言えば嫌っています。軽蔑《けいべつ》していると言ったほうが正確かもしれません。

問　それはなぜですか。

答　母は自分の立場を守ることしか考えておらず、思想性のまったくないバカな女性だからです。

問　弟に対してはどんな感情を持っていますか。

答　幼いころはともかく、最近では弟ともほとんど交流をしていません。しかし、基本的には肉親の情を持っていると思います。

問　君が殺した藤内さんにも親兄弟があるということは考えませんでしたか。

答　そういうことはまったく考えませんでした。

問　藤内真奈美さんの首をしめて殺した時はどんな気持でしたか。

答　夢中で、あまり何も考えませんでした。早く正確にやらなければ、ということだけを思っていたと思います。

問　藤内さんの体から、一部分を切り取る時には何を考えていましたか。

答　その時も、早くうまくやろうと思っていただけです。

問　その時君は性的に興奮していましたか。

答　そういうことはありません。

問　残酷なことをしているとは思いませんでしたか。

答　そういう、残酷とかいうのとは別のことだと感じていました。しなければいけない義務のように思っていたのです。

問　藤内さんの死体の一部を、持ち帰り、保管していたのはなぜですか。

答　ほしかったからです。

問　男性が女性の肉体を求めることはわかりますが、死体から、その一部分を切り取るというのは正常な求め方ではないと思いませんか。

答　そうかもしれませんが、私にはそうやって手に入れるしか方法がなかったのです。

問　その性器の部分をアイスクリームのカップの中に埋めこんでいたのはなぜですか。

答　そのほうがソフトに、優しく保管できるような気がしたからです。

問　君はそのアイスクリームのカップから、何度も性器を取り出してはながめていたのですか。

答　そうではありません。一度埋めてからはずっとそのままでした。

問　その性器に対して、性的ないたずらをしましたか。

答　その質問には答えたくありません。

問　なぜですか。

答　それは下劣で、不快な空想だからです。
問　君が藤内さんの死体に対してしたことは、下劣で不快なことではないと思うのですか。
答　もちろん違います。私が藤内さんにしたことは、愛情から相手を独占したいと思った上でのことです。
問　愛の行為だったというのですか。
答　そういうことです。
問　君は自分のことを精神病だと思いますか。
答　そうは思いません。

右のとおり録取して読み聞かせたところ、誤りのないことを申し立て署名指印した。

井口克巳　指印

前同日

東京地方検察庁中野支部
検察官　検事　中西健一　印
検察事務官　桜庭常夫　印

さらに八日後

実験治療室へ行ってみると、そこにはもう既にあの治療師が来ていた。私が堀内医師に、もう一度あの人に会いたいと訴えて、面会が実現したのだ。その堀内医師はマジック・ミラーのむこうから私たちを監視しているだろう。

以前と同じように私たちはテーブルをはさんですわり、向きあった。私の席から、治療師の背後にマジック・ミラーであろう鏡が見えるという位置関係だ。

治療師はとっくりのセーターに黒いズボンという服装だった。それはなんだか、無理してリラックスしようとしているかのようなスタイルだった。

手に持っていた紙の束をテーブルの上に裏向きに置いて、私は椅子《いす》にすわった。その日、紙の束を持っているのは私のほうだったのだ。

すわるとすぐ、私は言った。

「井口克巳の供述調書というものを手に入れて読みましたよ」

「えっ」

と治療師は意外そうな声を出した。

「そんなもの、手に入ったのですか」

「私が読みたいのだと病院に申し出たら、取り寄せてもらえたんです。でも、あなたはそれを読んだことがないんでしょう」

「読ませてもらえませんでした」

「そうですよね。容疑者の人権保護のために、あれは部外者の目には触れないように監理されているんだそうです。ですから、私が井口克巳だということがそれによってはっきりしました」

「なるほど、合理的ですね」

「ええ、理詰めの推測です。私が井口克巳本人であるからこそ、調書を読ませても人権侵害にはならないわけです。本人が、病気治療のために読みたいと言うのであれば、むしろ積極的に見せてくれるんです」

「でも、それは推測なんですね」

治療師は眉《まゆ》をピクリと動かしてそう言った。

「そうです。それを読んでも、私は何も思い出しませんでした。自分が井口克巳だという記憶、なぜ、どんなふうに藤内真奈美という女性を殺したのかという事実の記憶を、私は今もまったく持っていません。主観的には、私は依然として誰でもないです」

「記憶のよみがえりは別のこととして、その調書を読んでみてどうでした。井口克巳があういう犯罪をした理由は明らかになったのですか」

「いいえ」

と私は言った。そして言葉には出さず、人の心の中が他人にわかるはずがない、と言ったのはあなたじゃないですか、と思った。

「記憶がないままの私がその調書を読むのは妙な気分でした。そこにはおぞましい犯罪と、それに至る過程が生々しく語られているのですが、私としてはすべて初めて知ることのような気がするんですから。いくら読んでも、私に井口克巳の心理はよくわかりませんでした」

「グロテスクなジョークのようだ」

と、治療師はつぶやいた。

「そうかもしれません。でも、それは供述調書というものの書き方のせいもあるような気がします。あれは、特定の形式に無理矢理あてはめた、とても変な文章なんですね。実際にはあんなふうにしゃべる人間がいるはずないという、不思議な作文なんです。それではお尋ねの件についてお話しします、なんて言う人はいませんよね。でも、そういう文章なんです。つまり、いろんなことをポツポツとこまぎれにしゃべったり、質問されてぶっきらぼうに答えたりしたのを、まとめあげて調書という作文にしているんだな、という印象を持ちました。警察官とかが、型通りの手なれた文章にまとめちゃうんでしょうね。だから、供述している本人の人間性はほとんど感じられません」

「そうではあっても、事件の核心部分について本人が心境を語っているのでしょう。周囲の人間が想像するのとは違った事実が出てくるのではないですか」

「井口克巳は肝心なことを何も語っていないんです。変にきこえるかもしれませんね、この言い方は。私が井口克巳だったらしいんですから。でも、今の私の中に井口克巳の記憶はないので、まるで他人のようにしゃべることになってしまうんです。井口克巳は取り調べに対して、非常にあいまいな答しかしていません。なぜ藤内真奈美を殺したのか、なぜ性器のところを切り取ったのか、なぜそれを持ち帰ってアイスクリームの中に埋めたのかなどについて、そうしたかったからです、いいと思ったからです、などというぼんやりした答しかしないんです。この男は自分でもなぜそんなことをしたのかがわかっていないんじゃないだろうか、という気がするぐらいです」

「わからないのか」

「ええ。本人の供述調書を読んでみても、あなたが知りたがっている井口克巳の真実は見えてきません」

「私が知りたがっている、だって」

「そうでしょう、あなたはそれを知ろうと、すごく熱心に調べまわったんじゃないですか。それを突きとめたくって、ついには私の前に姿を現わしたんですから」

「私が中澤博久だと言うんだね」

治療師は覚悟を決めたような落ちついた声でそう言った。

私は、裏向きになっていた紙の束をひっくり返し、そのいちばん上にあるホチキスどめのものを見た。

「ここに、ある小説の一部分があります。長編小説の終り近くの部分らしいのですが」

それを、治療師のほうにさし出した。

次のようなものだ。

小説「ロックン・アイスクリーム」

中澤博久

九章

最初のうちＩＫは、自分がどこにいるのかもわからないようで、周囲を不思議そうな顔で見まわしていた。しかし、どちらに目を向けても見えるのは乳白色のベールのような霧で、その中にいるのは彼と私だけだった。

「何も見えないね」

私がそう言うと、ＩＫは不思議そうに私の顔を見た。

「まるでアイスクリームの中に埋めこまれたような気がしないかい」

きみが殺した真奈美さんと同じように、という言葉を私は腹にのみこんだ。

「ここは、どこなんです」

とＩＫは言った。

ＩＫは私が想像していたよりも、顎《あご》の骨の大きな顔をしていた。それが私には理不尽なしうちを受けたかのように残念だった。

いつの間にか私のイメージの中で、繊細で神経質な青年としてのＩＫの顔ができあがっていたのだ。目つきに翳《かげ》りがあり、ほおは瘦《や》せこけていなければならなかった。

なのにやっとのことで対面したＩＫは、顎が大きくて、どこか有袋類の動物のようにのんびりとふてぶてしい印象だった。勾留《こうりゅう》生活の中で不健康に太り始めているのかもしれない。

そんなＩＫは、想像していたのよりはずっと、生々しい人間だった。

「ここは面会室みたいなところだよ。実際の面会室できみに会うことはできないんで、お互いの意識を共震させることで、こういう面会室を用意したんだ」

ＩＫは私の返事をうわの空でき流し、まだしばらくきょろきょろしていたが、ふいに言った。

「あなたは誰なんです」

「私はNという小説家だ。その名前に覚えはないかい」

「Nさん？　知らないな」

「そんなはずはないんだけどな。でも、まあいい。そのことはあとでまた話そう。とにかく、私は小説家でね、きみに興味を持って、きみのことをいろいろ調べたんだ」

「おれの何を調べたんです」

「きみのすべてさ。きみがどういう青年で、何を考えていたか。何が楽しくて、どういう生活をしていたのか。きみが人を殺したのはなぜか」

「そんなこと、わかるわけない」

ＩＫは軽蔑《けいべつ》するような口調で言った。わかる、という言葉を使う人間だというだけで、腹が立ってくる、というような感じだった。

「うん。確かにそうなんだ。きみのことを知っているいろんな人に会って話をきいてみたんだが、きみという青年の本当の姿はなかなかわかってこないのだよ。調べれば調べるほど、きみが摑《つか》みどころのないものになって遠ざかっていくような気がするほどだ」

「そんなこと、あたり前ですよ」

「どうしてだね。どうして何もわからないのが当然だと思うんだ」

「ほとんどのことは、どうしてそうなったかの理由なんてはっきりしないものなんですよ。こういう原因でこうなったなんて、全部言えっこないでしょう。ほとんどのことは、よくわからないうちに結果としてそうなった、というだけのもんです」

「つまり、自分にもなぜそうなったのかわからないということかね」

「もちろんですよ。わかるわけないじゃないですか」

「理由を説明することはできないのか」

「理由なんかないんですよ。理由があるはずだ、というのは勝手な思いこみです。それで、その理由を言葉に直すことができると思っているのが、すごく変な思いこみですよ。あなたは小説家だから特にそうなのかもしれない。すべてのことは言葉で説明できると思ってるんでしょう。それって、思いあがりですよね。言葉なんかで説明できるもんじゃないんです、人間のやることは」

　ＩＫはかなり苛立《いらだ》った様子でそう言った。

「あなただけじゃない。みんなそうなんだ。どうしてやったんだね、ってみんなが何度でも同じことをきいてくる。取り調べっていえば、それをきくことだと思ってる。だけど、言葉にはならないこともあるんですよ。それを無理にどれかの言葉にあてはめていくのは、わかったような気になって安心したいからなんだ。嘘《うそ》の説明をつけて、そのことを終りにしようとしてるだけなんだ」

「きみはそういう取り調べにはもううんざりしているのか」

「いくらきかれても答はないんですから。言葉で説明なんかつかないことだから」

私は自分を突きつめることから逃げているＩＫに対して憤りがわいてきてそう言った。

「きみは事実を見ないようにしているんだ。言葉で説明するってことは、事実を正当に理解しなければできないことで、そのためにはいやなことでも直視しなきゃいけない。それがこわくて、きみは逃げているんだ。理由なんかなくて、ただ結果としてああなっただけだなんて、他人事《ひとごと》のように言って、それ以上は考えないでおこうとしている。だけどどう考えてもそれは偽りの結論だよ」

「あんたにも何もわかってないんだろう。それなのに、おれの言うことが偽りだってことだけはわかるのか」

「わかるのさ。それだけはわかる。きみは自分の心情がひとに理解されないことをおそれているんだ。理解されないくらいなら、そんなものはないんだってことにしようとしている。なんとなくそうなっていたんです、と逃げの言葉でごまかして、自分の心情の動きは忘れようとしているんだ。だが、そんな話が通用するものか。きみはちゃんと心の動きの中であれをやったんだ。気分の高揚や、快感や、満足感を味わいながら、そのおもむくところに従って、意思ある人間として一人の女性を殺したんだ。いつの間にかああなっていたんだというようなふざけた答はききたくない」

「あんたは何なんですか」

「ごまかしだな」

ＩＫは挑戦的にそう言った。

「私は小説家だ。それも、きみの犯罪に興味を持った小説家だ。興味を持ったということは、きみのしたことは、私にくっきりと理解できることのはずだという予感を持ったということだ」

「そんな予感につきあってられないよ。なんであんたと話をしなきゃいけないんだ。おれのことを、どうしてあんたに理解されなきゃいけないんだ。こんなとこで話をするだけでも迷惑だよ」

「そうはいかない。きみはここへ来たんだから」

「こんなところへ自分から来た覚えはない」

「いや、そうじゃない。ただ私がきみに会いたいと思うだけでは、きみはここへは来ないんだから。私ときみの精神が共震したからこそ、きみはここへ来たんだ。つまり、きみも自分を理解したいと思い、それをひとに伝えたいという気持があるからこそ、私の一種の呼びかけに反応したんだ」

「そんなこと知らない」

「でも、そうなんだ。きみも内心では、自分のしたことの意味をひとに正しく伝えたいと思っているんだよ。それなのに、正しく理解されるんでなければいやだという思いから、どうしてあんなことをしてしまったのかは誰にも突きとめられない、というようなことを言うわけだ。知られたいと思いつつ、問われればわからないと逃げるというのは、ひどく甘えた態度じゃないかい」

ＩＫはすぐさま何かを言おうと口を開きかけたが、顔が赤らむばかりで言葉は出てこず、ふいに肩から力を抜いてため息をついた。

「確認しておこう」

と、私は言った。

「きみは自分が何をしたのかを、はっきりと認識しているんだね。自分でもわけがわからないままにしてしまったことで、何をしたのか記憶してない、なんてことはないね」

「自分のしたことはわかっています」

「ではきこう。きみは藤内真奈美に何をしたんだ」

ＩＫは私の顔をチラリと見て、観念したかのように力なく言った。

「手で彼女の首をしめて殺しました」

「うん。いきなりそこへ来るのか。その前にきみは、彼女のところへ無言電話をかけたり、彼女の家の近辺をうろついたりという、つきまとい行為をしているね」

「ええ」

「そしてそのあげ句、彼女を殺害したんだ。それは、心神喪失などの、自分が何をしているのか判別できないような状況で行われたのではなく、ちゃんとわかっていて殺したんだね」

「殺すんだ、ということはわかっていました。どういうふうにやったのかは、夢中になっていてはっきり覚えているわけではないけど、殺さなきゃ、という考えを持って彼女の部屋へ行き、その通りに殺したんです」

「なぜ、殺さなきゃ、と思ったんだ」

「それは……」

　ＩＫは口ごもって考えた。何かをごまかそうとしているというよりは、本当に考えているように見えた。

「殺せば、彼女がぼくのものになると思ったからです」

「つまり、真奈美さんへの恋愛感情からしたことだと言うのか」

「そう、です」

「憎しみからではないんだね」

「違います」

「きみが彼女をいくら恋しても、彼女はきみにつれないそぶりしか見せなかった。そのことで彼女を憎んで、復讐《ふくしゅう》として殺したのではないのかね」

「全然違います。彼女のことが好きだったから、ああしたんです。こっちは好きだったのに、ぼくの思いは相手に通じなかったから」

「好きになった相手にふられることは誰にだってよくあることだよ。でも、そこで相手を殺すというのは、普通にはありえないことではないかね」

「思いの強さが違うんでしょうね。ぼくが彼女を思う度合いは、これ以上はないというぐらいに強かったんです。ぼくがどんなに彼女を思っても、彼女はぼくのものにはならず、ぼくから離れていこうとした。でも、それでもぼくの思いはさめなかったんです。思いは一方的なもので、彼女はそれにまったくこたえてくれなかったんだけど、だから彼女への愛がさめていくということはなかった。むしろ、愛はますます大きくなっていったんです」

「だから殺した、ということになるんだろうか」

「ある人を好きになれば、その人のすべてを自分のものにしたいと思いますよね。そして、普通に、両方がお互いのことを好きあう場合はそれもうまくいく。だけどぼくの場合には、相手はこちらの思いを受け入れてくれなかったんです。むしろ、ぼくを避けて逃げようとした。なのに、そうなってもぼくの思いはさめないで、むしろどんどん強くなっていったんです。どうしてもその人を手に入れたかった」

「殺すことはその相手を自分のものにすることだろうか」

「ぼくにはその方法しかなかったんです。ぼくの手で殺せば、彼女はぼくのものだってことになる」

まだ飾ってしゃべっているんだ、と私は思った。真奈美を殺したことを、ＩＫは愛の物語にしようとしている。

　ＩＫは自分を見つめ、自分を突きつめることを放棄している。自分の中にある凶暴性や、複雑な生いたちから生じている支配欲などには目をつぶり、愛のせいであぁなったと、自分にも信じこませようとしているのだ。

　私は、とりあえず話を進めた。

「そのようにして彼女を殺したあと、きみはその遺体に対して何をしたんだ」

　ＩＫはかなり長い沈黙を守った。救いを求めるように左右に首をまわしたりした。だが、ここには助けはいないことがわかったのか、消え入るような声で答えた。

「知ってるんでしょう」

「日本の成人のほとんどが知っているだろうね。だが、それをきみの口からききたいんだ」

「彼女の体から、その一部分を切り取って、自分の家に持ち帰りました」

「彼女の性器の部分だね」

「はい」

「なぜそうしたんだ」

「したかったからです」

「それでは答になっていないよ。なぜ、そうしたかったんだ」

「殺したことで、彼女をぼくのものにしたからです」

そう言って、ＩＫは自分の言葉にうなずいた。

「つまり、もう彼女はぼくのものになったんです。だから、彼女を所有していたかった。そのために、体の一部分がほしかった」

「なぜ性器だったんだ」

「そこがいちばん、彼女の中心だと思ったから。彼女そのものだと思ったから」

「つまりきみは、性衝動からそこを所有したいと思ったわけか」

「違う。そうじゃない」

ＩＫはむきになったように大きな声でそう言ってから、右手で髪をかきむしり、大きくため息をついてうなだれた。

「直接的な意味では、違うんだ。そのことはぼくにとって性行動だったわけじゃない。そうじゃなくて、彼女を所有したいと考えた時に、当然ぼくが持っているべきなのはそこだと思ったんです。そういう意味でなら、性と結びついた連想だったかもしれない。つまり、愛するということは、普通は自然に性に結びついていくわけで……、そういう普通のこととして、彼女を愛したぼくは、彼女の性を手に入れたかったんだと思う。だけど、そこを切り取って持つことがぼくの性交だったわけじゃない。そういう意味での、性的な行動だったのとは違う」

「なるほど。情欲にかられてしたことではないと言うんだね」

「そう。ぼくは彼女を完全に手に入れたかっただけだ」

「彼女を殺して、その体の一部を持つことが愛の成就だった、ということか」

「そうです」

　ＩＫの言葉は調子が一定していなかった。激情にかられて乱暴な口ぶりになるかと思えば、それがすーっとさめて、ですます、の調子になったりする。精神状態が不安定で、大きく揺れ動いているのだろう。

「しかし、きみがしたいと思ってしたことは、ノーマルな行動ではない。それはわかるかい」

「そういうのは、考えたことないです」

「愛した人に冷たくされる男は世の中にいっぱいいるよ。誰だって一度や二度はそういう失恋を体験するものだ、と言っていいほどのものだ。だが、普通の人間はそこで相手の女性を殺しはしないよ。殺して愛を成就させようと考えるのは、普通のことじゃない」

「それは、ひとが見て、言うことです。ぼくはぼくとして、理由があって行動しただけです。それがノーマルなのかどうかなんて、考えない」

　それはそうかもしれない、と私は思った。

異常な犯罪をした人間に対して、その行動はノーマルな人間のものではない、と断罪しても、それはしばしばノーマルな人がしがちなことなのだが、無意味だ。犯罪者への断罪は法に基づいて司法がすればいいことだ。私がしたいことはそれではない。

「そうだね。ノーマルかどうかは、どうでもいいことだ。だけど、どこからその、相手を殺すことで愛をとげるという考えを、持ってきたんだい。相手を殺せばその人は完全に自分のものになる。自分のものだから、体の一部を切り取って持っていたい。そんな考えをどこから仕入れたんだろう」

「どこかから持ってきたわけじゃなくて、それが自分の考えです。考えというか、そういう気がしたんです。今もそう思ってます」

「いや、それはやはり、人間がもともと持っている感情ではないと思うよ。きみは今までの生活の中で、何かの原因から、そんな考え方を形成してしまったんだ。そのきっかけが何だったのかを知りたい」

「精神分析ですか」

「そういうのじゃなくて、本当のところを突きとめたいだけだ。相手を全面的に手に入れるのが愛だという考え方は、いったい何から学んだんだろう」

「それは愛の定義でしょう」

「そんなことはないさ。それほどまでに支配的に考えることなく、みんなもっとあいまいに愛を入手しているよ。相手を殺すのが愛の完成だなんて発想する人間はそういない」

「でも、ぼくはぼくです」

「どうしてきみがそういう考えの持ち主になったのか、だよ。どこかできみはそれと出会い、仕入れたんだ」

「何のことを言ってるのかわかりません」

「たとえば、思春期の頃にそういうことが書いてある本を読んだのかもしれない」

私はなるべくさりげなくその話を持ちだした。

「本なんか読んでません」

「忘れてしまっているのかもしれない。何気なく読んだ小説の中に、愛するがあまり相手の女性を殺してしまう男が出てきて、きみは深層心理に大きな衝撃を受けたのかも。それこそが完全な愛であり、そんな愛に出会えれば幸せだという感想を持ったのかもしれない」

「そんな記憶はありませんよ」

「忘れようとしているのかもしれない。たとえばその小説の中に、女性を殺した男は、その女性の体の一部を切り取って持っていたという記述があったのかも。それを読んだ時に、きみは、その行為の甘美さにしびれてしまったんじゃないだろうか。そして、いつの間にかきみの頭の中に、いや心の中に、相手を殺して食べるほどの愛こそ、この上なく美しく完全なものだという思いが巣をつくってしまったんじゃないだろうか」

「ぼくは、ぼくという個性を持った人間ですよ。小説を読んで、ヘンな考えにとりつかれたなんて事実はありません」

ＩＫは迷いのない口調でそう言った。

嘘を口にしている様子ではなかった。自分ではそう信じているのだろう。

「じゃあ、見に行かないかい」

「何をですか」

「きみがしたことをだよ。見れば何かを思い出すかもしれない」

「どういうことですか。どこへ行くんです」

私は、私たちを囲む霧の壁を見まわした。架空の面会室で話をしているだけでは、ＩＫが自分の真実に突きあたることはなさそうだと思ったのだ。

私たちは路上に立っていた。

狭いアスファルトの道路に面して、アパートが建っていた。木造モルタル造りの二階建てで、傾斜の急な屋根は青く塗られており、外観は白。だがその白は風雨にさらされてかなり汚れていた。

「なんでここへ」

とＩＫは言った。

「よく知っているところだろう。真奈美さんが住んでいるスカイハウスというアパートだよ」

「やめようよ。ここへは来たくない」

「いいじゃないか。自分のしたことをちゃんと見てみようよ。そうしたって失うものはないはずだ」

私たちに気温は感じられない。だが、かなり蒸し暑い日のはずだった。ようやく陽ざしが斜めになり、人々がホッとした時刻。

「今年の七月五日だよ。時間は、もうじき午後五時半になろうというところ。ほら、きみがいる」

そこに、七月五日時点のＩＫがやってきた。

ジーンズの上に、木綿の黒のシャツをゆったりと着ていた。肩からは革製のショルダーバッグをさげている。はいているのは古びたバスケット・シューズだった。

その世界での現存《リアル》のＩＫは、立ち止まり、アパートの二階の角、二〇五号室を見上げた。

そのすぐ近くに、私とＩＫは立っている。

「彼には我々の姿は見えない。これは再現映像のようなものなんだから」

リアルＩＫは、道路上に人影がないことを確認している。その道がもう少しで行きどまりであるせいで、土曜日の夕刻でも人通りはなかった。

「この時きみは何を考えていたんだ」

私の横に立つＩＫは、もう一人の自分から目をそらすようにして、独白のように言った。

「ひとに見られちゃいけないと考えていた」

「それだけか。考えていたことはそれだけなのか」

「それだけじゃない。彼女が部屋にいるといい、とも考えてた。そして、なんとなくいるに違いないという気もしていた。せっかくの日に彼女が留守だなんてあってはいけないことのように思っていた」

「それだけか。自分がやろうとしていることについては何も考えてなかったのか」

「それは、考えるというのとはちょっと違っていて、わかっていた。そのために来たんだから。やるしかないと決心して、ここまでの二、三日、そのことばかりを思っていたんだから」

「真奈美さんを殺すことを決意していたんだね。そして、ショルダーバッグの中には、ナイフやビニール袋を用意していた」

「ペーパータオルや、ガムテープも持っていたよ」

「何のために」

「どこかに血がついたらペーパータオルでぬぐうつもりだった。でも、やったあとにはそんなもののことは忘れていた」

「ガムテープは」

「わからない。そういうものがいるかもしれないと思ったんだ。念のために持っていたということかもしれない」

「とにかく、殺すつもりだったんだね」

「そうだけど、本当にできることなのかどうかは、自分でもよくわからなかった。わからないけど、試してみるしかなかった」

「だが、心神喪失状態ではないね。多重人格が現れているのでもない。きみはちゃんとわかっていて、やろうとしている」

リアルＩＫが、二〇五号室と二〇三号室のためのコンクリート製の階段をのぼっていく。

私とＩＫは、二〇五号室のドアの前に立っていた。そこへリアルＩＫがやって来る。

リアルＩＫは、二〇五号室のドアの前に立ち、中の物音をうかがうようにした。

「心臓がドキドキしているのかい。自分の手で人を殺す時が近づいていて、足が震えだすような気分だったのかい」

「そういうふうじゃなかった。この時は、好きな人に会えることとの喜びのほうが大きかった」

「殺そうとしているのに？」

「それは、好きだからすることなんだから」

リアルＩＫは、ドアから一歩離れて通りのほうを見た。誰かに見られていないかを確認したのだろう。

　ＩＫが言った。

「思い出した。この時考えてたのは、コードをどうしようかということだ」

「コード？」

「電気の接続コードをバッグの中に入れていたんだ。コネクターの部分を切り取っているから、丈夫なビニール紐《ひも》と同じなんだけど。それをバッグから出して手に持っているべきかどうかと迷ってた。首をしめて殺すことは決めていたけど、手でそれができるかどうかはわからなかったんで、紐も用意したんだ」

「この段階で、そんなことを迷っていたのか」

「自分がすることはきっちりとわかっていたけど、どういうふうになるのかは、やってみるまでわからなかったんだ。ガムテープを用意したのだって、それだよ。彼女が大声を出したとしたら、それを止めるためにガムテープで口をふさぐ必要があるのかもしれないと考えてたんだと思う。でも、そんなことをする必要はなくて、殺せるのかもしれない。そのへんのことが、わかってなかった」

「で、結局コードは」

「使わなかった。その時になったらコードのことなんか忘れていた」

　リアルＩＫが、二〇五号室のドア・チャイムを鳴らした。

「中に彼女がいるらしいって、音がしたんでわかったんだ」

私はきいた。

「この時のきみは性的に興奮しているのか」

ＩＫはとんでもないというふうに首を横に振った。

「そんなこと、あるわけない」

二〇五号室のドアが内側へ十センチほど開き、中から真奈美の声がした。

「はい」

リアルＩＫは、ドア・ノブを摑み、肩でそのドアを力いっぱいに押し開けた。他愛《たわい》ないほどあっけなく、部屋の中、靴脱ぎのところへ入ってしまう。

私とＩＫは、部屋の中、キッチンスペースの前に立ってそこであったことを見ている。

真奈美が、きゃっと驚きの声をあげた。

意味のある言葉は出てこない。まずは、びっくりして言葉を失ったのだろう。

真奈美はリアルＩＫの手の届かないところまで後ずさった。そこでようやく声を発した。

「来ないで」

真奈美は淡いグリーンのサマーセーターに、白いスカートという姿だった。そのままタウンに出かけられる服装である。

「違うんだ」

とリアルＩＫは言った。

「きみのことが好きだから、どうしても来たかったんだ」

「やめてよ。帰ってよ」

「きみを幸せにしてあげる」

「やだ。来ないで」

リアルＩＫの肩からショルダーバッグが落ちた。

それが合図だったかのように、リアルＩＫは靴をはいたまま真奈美にとびかかっていった。

私とＩＫは奥の六畳間に立っていた。

ＩＫは、そこでの出来事を直視したくないというかのように、目の焦点の定まらぬ顔をしている。

恐怖と驚きとで、二度、真奈美は悲鳴をあげた。しかしリアルＩＫは六畳間にまで追いつめたところで、両手で真奈美の首を摑んだ。その手に、ものすごい力がこめられているのが見てとれた。

「この時の気分は？」

私はＩＫにきいた。

「気分なんか……」

「覚えてないのかい」

「何も考えてませんよ。騒がれないうちに早くやらなきゃ、ということを思ってるだけで」

「しかし、きみの言う愛の成就だよ」

「夢中でしたから」

真奈美は抵抗した。相手の顔を引っかいたりしている。

もつれて二人はサイドボードにぶつかったりした。

リアルＩＫが、首をしめながら言った。

「幸せにしてやるから」

「あんなことを言ったの？」

「覚えてません」

真奈美がリアルＩＫの足を蹴《け》ろうとして、バランスを失った。二人でもつれあって倒れる。

リアルＩＫは真奈美に馬のりになって首をしめる。

真奈美は足をバタつかせ、スカートが腰までまくれ、下着が見えた。

「この時のきみは、ついに愛したものが手に入るという喜びにひたっていたのか」

「そういう言い方は、ぼくを怒らせようとしているだけでしょう」

「しかし、きみがそう説明したんだよ」

「こんな時は、なんだかよくわからないままに夢中ですよ。ただ、やらなきゃいけないことを、うまくやろうと思ってるだけですよ。早くやって、早く終らせようということしか考えてませんよ」

真奈美が、動かなくなった。

「希望通りに、彼女を殺した」

「これを見せれば、ぼくが後悔すると思っているんでしょう」

「後悔なんかするのかい」

「しませんよ。あなたはそうさせたくて、これをぼくに見せている。でも、後悔なんかしないですよ。この場面からぼくが目をそむけるとでも思ってるんですか。このことをぼくが思い出したことがないとでも」

「思い出しては喜びにひたっていた?」

「それも、ひっかけだ。ぼくを怒らせて、ぼくを変態だと認めさせようとしている。認めますよ。ぼくはこういうことをしたという点において、変態です。このあと、彼女の体から、あそこを切り取ります。そういう変態だということは、もう知られていることじゃないですか。ただ、そのことをあなたに説明されたくないんだ。分析もされたくない。そんな分析や説明は、ぼくを理解したことにはひとつもなっていないんだから」

リアルＩＫが、よろよろと立ちあがった。しばらくは、倒れている真奈美を見ている。

「このあと、ショルダーバッグを取りにいきますよ。そしてその中から、アーミー・ナイフを出して、それで死体からあそこを切り取ります。それを見ればぼくが、ガタガタ震えだして後悔するという期待はやめて下さい」

リアルＩＫが、ドアのほうを振り返った。そのほうへゆっくりと歩いていく。

私は言った。

「死体から性器を切り取るという発想は、どこから出てきたんだい」

「またそれですか。そんなの、自然に思いついたことですよ」

リアルＩＫがショルダーバッグを手にさげて戻ってきて、畳の上にすわりこんだ。

私は真奈美の死体を見て、リアルＩＫがバッグの中からナイフを出すのを見て、立っているＩＫに言った。

「そうじゃないはずだ。それは私がきみに教えたことなんだから」

「何ですか、それ」

「死体から性器を切り取ろうという発想は、私がきみに植えつけたんだよ」

「どうしてそんなことになるんです。あなたのことなんかぼくは知りませんよ」

「思い出させてやろう」

「あなた、何なんです」

「私は小説家だ。だからきみに小説でメッセージを届けている」

「わけわからないな」

「では行こう。思い出させてやる」

私とＩＫは、別の場所に立っていた。

薄暗い部屋の中だ。六畳の一間。

書棚があり、机があり椅子があり、冷蔵庫がありテレビがあり、その他雑多な小物が整理されずに散乱している。人が寝そべられるスペースは畳二枚分ほどしかなかった。

「ぼくの部屋の中だ」

「きみの部屋だよ。ただし、今年の七月五日の、さっきと同時刻のね。だから、きみは留守にしている。二時間後には真奈美さんの体の一部を持ってここに帰ってくるんだが」

「ヘンな気持だ」

「どういうふうに？」

「ものすごく昔に戻ってきたような気がする。ここにぼくがいたのはほんの数か月前のことなのに、遠い昔のことのような」

「昔のことにしてしまうのは早いよ」

ＩＫの目を見つめて私は言った。

「生々しい事実から目をそむけてはいけない。あの冷蔵庫の中に今はまだ問題のアイスクリームは入っていない。しかし、もうじきそれが冷蔵庫にしまわれる、という時点だよ。それはそんなに昔のことじゃない」

「わかってますよ。自分のしたことに目をつぶる気はありません」

私は部屋の中をゆっくりと見まわした。ＩＫも同じことをする。

「ここがきみの城だった」

書棚の横に、ビデオ・テープが乱雑に積み重ねてあった。五十巻くらいはあるか。背ラベルに手書きでタイトルが記されているものなども混じっている。乱雑だが、ある意味では快適な空間かもしれない、という気がした。

「この部屋の中で、きみは私からのメッセージを受け取った」

「何のことを言ってるんです。あなたの名前は何でしたっけ」

「Ｎだ」

「そんな人のことをぼくは知りませんよ」

「では思い出させてやろう。この本棚にあるこの本のことを知らないとは言わないだろうね」

私は書棚の上から三段目から、一冊の本を抜き出して手にとった。その表紙をＩＫに見えるように上向きにした。

「その本か……」

「『あくあまりん』という小説だ。これを書いたのが私だよ」

「その本なら以前に読んだと思う」

「そうさ。きみはこの小説を読んだんだ。ほら、ここに絵葉書が一枚はさんである。これは本についていたしおりではなく、外国製の絵葉書だ。つまり、きみがはさんだものに違いない」

「いつだろう。高校生の頃に読んだんだろうか。浪人中だったかもしれない」

「きみはこの小説を読み、このページに絵葉書をはさんだ。そしてこのページには、主人公の友人が昔やった犯罪のことが語られている」

「恋人を殺したとかいう話だった」

IKは手品を見せられたように、目を丸くしてそう言った。

「その通りだよ。きみはこの小説の内容を記憶している。もちろん覚えているに決まっているさ。ここには、恋した女性を殺し、死体から性器のところをえぐり取って、それを食べてしまった男のことが書かれているんだから」

「思い出した。なんか、そういう話だったような気がする」

「きみはこの本の、そういうことが書かれているページに絵葉書をはさみ、いつでも繰り返して読めるようにしているんだよ」

「何度も読んだりはしていない。あんまり面白い小説じゃなかった。読んだってことも忘れてるぐらいだった」

「しかし、きみはこの本からメッセージを受け取っている。きみはこの中に書かれている犯罪を、模倣することになるのだから」

　ＩＫは、疑うような顔つきで本を見た。

「そういう小説だったことは、思い出した」

「これを読んだ時に、きみの心の中に相手を殺すほどの愛、という考え方が植えつけられたんだ」

「信じられない。自分の考えだと思ってた」

「きみはきみという人間だ。きみの頭の中であの犯罪が生まれたんだってことは否定しない。でも、アイデアはこの小説が与えたんだと思う」

「あなたが書いた小説なんですね」

「そう。私がこれを書いた」

「どうしてそれが書けたんです」

「私のアイデアだ」

「あなたが真奈美を殺すことを考えついたということですか」

　ＩＫは私の顔から目をそらさず、憎しみの表情を浮かべていた。

「ぼくがしたことは、あなたの考えたことだったんですか」

「私は小説を書いたんだよ」

「でも、ぼくに彼女を殺させたんでしょう。そうするよう誘導した」

「きみはこの小説を読んだことがきっかけになり、愛と殺人とを結びつける考えを持ってしまったのだよ」

「あなたがそれを書かなきゃ、彼女は殺されなかったということですか」

ふいに、ＩＫの顔が泣きだしそうにゆがんだ。

「あなたが殺したんですね、真奈美を」

私は言葉につまり、

（中断）


治療師はその小説を読もうとはしなかった。自分の書いたものだから、読まなくても内容を知っているのだ。

「どうしてこれがきみの手元にあるんだ」

彼が言ったのはその言葉だった。

「手紙を出したんです。作家の須藤陽太郎という人に。少し珍しい手紙だったかもしれません。私は井口克巳という者らしいのですが、記憶喪失症にかかっており、自分のしたことや、生いたちを思い出せないでいます。ところがその私に中澤博久という作家がしばしば面会に来て、その人が調べたという調査の結果などを読ませるのです。そして、きみはこういう人間なのだ、思い出すだろう、などと迫るのです。私はすっかり頭が混乱してしまいます。その中澤氏は、先輩作家である須藤様にも同じような記録文書を送っていたらしいと知り、こうしてお手紙を出しています。あの中澤氏はどういう人なのでしょう。なぜ私の記憶にあんなにこだわっているのでしょう。ご存じのことがあったらお教え下さい。まあ、そんな手紙です。そうしたら須藤氏からその小説を同封した返事が来たというわけです」

「そんなことができるのか……」

中澤氏はうめくような声でそう言った。

「その小説を読んで、あなたが井口克巳の供述調書を読んでいないことがわかりました。その小説の中に書かれている犯行の模様と、井口克巳が供述しているそれとが微妙に違うからです。供述調書のほうでは、井口克巳は午後四時頃に藤内真奈美のアパートを訪ねて、留守だったので近所のゲーム・センターで時間をつぶした、ということを言ってるんですが、小説のほうにはその段取りがありません。それから、部屋に入ってからのやりとりも少し違ってます。現実には、井口はプレゼントを持ってきた、と言ってるらしいのですが、小説にはその発言がありません。藤内真奈美が殺されそうになって意味不明の叫び声をあげたというのも、小説のほうにはありません。あなたは供述調書は読めないまま、その小説を書いたわけです」

「そんなことは大きな問題ではないと思う」

中澤氏はそう言った。

「そうですね。それは小説なんですから。あなたが最後まで書きあげられず、中断してしまった小説です。これは、あなたが須藤氏にこの小説を送った時にそえた手紙です」

そう言うと、A5判の紙一枚をさし出した。チラリとそれを見て、中澤氏は非常にいやな顔をした。

こういう手紙だ。

須藤陽太郎先生へ

頭の中でなかなか考えがまとまらないのですが、なんとか小説に仕立てあげようと思い、まずは、その小説のクライマックスになる章から書き始めました。

ところが、ここまで書いて行きづまってしまい、これ以上はどうにも書き進められなくなってしまいました。このあと、話がどこへ行くものなのか、私にはわからないのです。

小説家として、非常に不本意です。この先が書けないのは、私が井口克巳のこと、彼がやったことの意味を、理解できていないからです。井口克巳を知ることが、私にはまだできない。

自分の無力をつくづく感じます。私は井口克巳の犯罪に対して、どういう責任を持っているのでしょうか。それがよくわからないのです。

とりあえず、この小説を放棄することしか私にはできません。

生活を変えて、考えてみたいと思っています。この書きかけの小説をいつか完成させるまでは、私は小説家ではないと思います。いつかちゃんと小説家として復帰するために、生活を変えます。自分を突きつめて、井口克巳に少しでも近づいていくことにします。

ここまでを、私の創作活動の途中経過として、私としては不満なのですが、とりあえずお目にかけておきます。三年後になるか十年後になるか、この小説を完成させ、私の井口克巳をお目にかける日が来ることを、心に期しています。そうしないと、小説家に戻れません。

藤内真奈美を生き返らせたいです。

中澤博久

十二月二十六日

「それから、これは須藤氏が送ってくれた、覚え書です。ストーカー殺人事件のことと、あなたからどんな連絡があったかということを、一覧できるものです」

中澤氏はギクリとしたような顔で、私からその紙の束を受け取った。そして、熱心に目を通していく。

それは中澤氏がまだ読んだことのない、別の角度からの証言なのだ。

覚え書

須藤陽太郎記

〔アイスクリーム殺人事件のこと　中澤博久氏のこと〕

事実関係のメモ。客観的事実のみ時系列に。

平成×年七月五日　井口克巳、藤内真奈美を殺害。死体損傷も。

七月六日　藤内真奈美の死体発見される。

七月十五日　井口克巳、藤内真奈美殺害容疑で逮捕される。

七月下旬～八月上旬　事件のことがマスコミをにぎわし、『週刊文殊』『週刊真相』など、特集を組んで大々的に報じる。

八月七日　中澤博久氏、銀座のバーで、警察庁の警視正二人と偶然出会い、アイスクリーム殺人事件のことが話題に出る。この時初めて知る情報があり、中澤氏興味をかきたてられる。(後日、三崎書店の松沼氏と高柳氏に私が確認。そういう対面が実際にあったと証言を得る)

八月十五日頃から　中澤氏、事件関係者に対する取材を重ねる。当初は、藤内真奈美の恋人で死体発見者の池部勲治への取材が中心だったと思われる。

八月二十日　帝国ホテルにて、三崎書店懇親パーティーあり、出席する。その会場で、中澤氏と会い、十分間ほど立ち話をした。中澤氏とは、氏が『流星』の同人だった頃、小説の原稿を見て評をしたりした仲。氏の処女作『あくあまりん』をほめた経緯もあり、私のことを師匠だなどと称する。私は、ルポの仕事もいいが、小説のほうで力作を期待している、と語る。中澤氏上機嫌で、現在次回作のための取材をしているところだと語る。偶然の出会いから、好奇心を刺激されたのだとも。

九月一日　中澤氏より、「余話」と題する原稿のコピーが届く。氏がアイスクリーム殺人事件に興味を持ったいきさつと、八月七日の刑事との対面のことが小説風にまとめられたもの。私は二日後に葉書にて、期待する旨を書き送る。

九月八日　中澤氏より、『週刊文殊』八月十二日号、八月十九日号、八月二十六日号の井口克巳に関する特集記事のコピーが届く。そえられていた手紙には、この記事によって私も事件への興味を抱いたのですが、調べてみると、かなり事実に反することも平気で書かれています、とある。

九月十五日頃　取材に基づく犯罪の記録「一見今日的な犯罪」という一文、この頃にまとまったものか。

九月二十五日頃　中澤氏、藤内真奈美の会社の同僚、露木道子を取材し、藤内真奈美にも当初井口克巳を誘う思惑があったらしいという証言を得たのはこの頃のことか。その証言は事件の形に多面性をもたらすもので、中澤氏をかなり動揺させたと思われる。

十月三日　中澤氏より、「一見今日的な犯罪」という一文のコピーと、調べれば調べるほどわからなくなり、真実を突きとめることは不可能なのかも、という内容の手紙が届く。

十月十日　中澤氏、宇都宮市にある藤内真奈美の生家を訪問し、両親に取材。

十月十八日　中澤氏、井口克巳の弟、冬樹を取材。その後、井口克巳の住んでいた部屋を見せてもらう。その際、井口克巳の本棚に自分の著書『あくあまりん』があることを発見する。

この時まで、中澤氏は自分がその小説の中に、恋人を殺してその死体の一部を食べる男のことを書いたことを忘れていた（重要）という。と同時に、無意識のうちに気がついていて、それでこの事件に興味を持ったのだろうか、とも。

十月二十六日　中澤氏より、十月十日と十月十八日の取材について報告する手紙が届く。殺人事件の犯人が、自分の書いた小説に触発されてそれをやったのかもしれないという思いから、中澤氏が混乱していることがうかがえる手紙である。
十月二十八日　私から中澤氏に、興味深いことがどんどんわかってきて、あとは小説にまとめあげるばかりではないですか、という主旨の手紙を出す。
十一月四日　中澤氏より、「取材記録」と題する一文のコピーが届く。事件関係者に取材して、テープに録音したものを、三崎書店の村井氏がテープ起こしし、中澤氏が整理したものである。藤内真奈美も当初は井口克巳に気があったのではないか、という露木道子の証言を含む。
十二月二十九日　中澤氏より、小説「ロックン・アイスクリーム」の九章のコピーが届く。ただし、未完。そえられていた手紙には、今の自分には、井口克巳のことがまだすべて理解できず、これ以上書き進めないということ。生活を変えて考え続け、いつか作品にまとめたいと思っていること。などが記されていた。文面に意味不明の部分があったりして、気になる手紙である。
翌年一月六日　三崎書店の松沼氏より電話で問い合わせを受ける。中澤氏の所在地を知らないか、ということ。知らないと答える。中澤氏、大晦日《おおみそか》より、行先を家族に告げず旅行に出たということである。夫人より三崎書店のほうに、何かきいていないだろうかと問い合わせがあったもの。その際、須藤陽太郎によく手紙を出していた、ということが告げられたそうで、念のための電話。

中澤氏の所在地については心当たりまったくなし。

一月十二日　三崎書店の松沼氏と高柳氏来訪。中澤氏より届いた手紙や原稿の話をする。両氏によれば、昨年十月頃より中澤氏の精神状態にやや乱れが感じられたとのこと。中澤氏、もう二年も新作が書けない状態であることを気に病み、スランプだともらしていたとか。それが、アイスクリーム殺人事件に触発されて創作意欲をかきたてられたものの、それをうまくまとめることができなくて、かなり苦しんでいた様子だったそうだ。

ルポルタージュのような仕事しかできない自分にかなり失望していたような気がします、と高柳氏は言った。現実の殺人事件を調べて、小説化しようとするうち、現実に振りまわされていったのか。

一月二十日　井口克巳、殺人と死体損傷で起訴される。

一月二十七日　三崎書店の松沼氏と高柳氏と村井氏来訪。中澤氏の消息まだ摑めず。

村井氏、中澤氏について重要な証言を二つする。

ひとつは、事件関係者に取材した録音テープを起こした「取材記録」という原稿に、脚色があるということ。発言を大きく変更しているわけではないが、自分の質問を実際より多くするなどの、小説化が見られるのだとか。小説の一部に使用する予定であったと考えれば、問題はないが。

もうひとつは、井口克巳の部屋へ行った時のことを私に報告する手紙（それを一月十二日に、三崎書店の両氏に見せていた）に、事実に反することが書いてある、ということ。

村井氏の言うには、井口克巳の部屋の中の書棚には、写真集、漫画本、ビデオ情報誌、経済学関連の参考書などがあったのみで、小説はほとんどなく、ましてや、中澤氏の小説『あくあまりん』があったという事実は絶対にないということである。

それが事実なら、あの手紙自体が既に虚構の産物。

そして、中澤氏が、自分がそれに似た（恋する女性を殺して性器を切り取る）小説を書いたことを、すっかり忘れていた、という話は嘘だったことになる。

むしろ、自分が書いたことのある犯罪を実際にした人物が出現したからこそ興味を持った？　井口克巳を、自分の小説によって生み出された存在だということにしたくなった？

中澤氏の報告文や手紙は、小説として読まなければならない。あの報告から、実際の井口克巳の犯罪のことを考察することは不可。

現実の世間にあった事件を、自分の書いた小説に結びつけたいというのが創作意図？

発想が閉じこめられたように小さい。中澤氏は小説という虚の産物を、事実をねじまげて構成しようとして、失敗したのだろうか。

二月四日　週刊誌報道によれば、勾留中の井口克巳の精神状態が少しずつ正常でなくなっているのだそうである。放心状態になったり、幻覚を感じたりするようで、自分のしたことへの記憶が次第に薄まっていくのだとか。一種の逃避的心理によるものだろうか。このまま記憶喪失になってしまえば、心神耗弱《こうじゃく》ということで、刑事責任を問えなくなるかもしれないとあった。前代未聞のアイスクリーム殺人事件を起こした犯人は、そのように意識の闇《やみ》の中へ逃げこんでいくのか。

そして一方、二月四日の時点で、中澤氏の所在地はまだ不明である。

中澤氏がそれを読み終えるまで私はじっと待った。やがて、中澤氏は紙をテーブルに置き、ふっ、とため息をついた。

「事実に反するところもある」

それが中澤氏の口から出た言葉だった。

「いつもそうですよ。それはあなたが教えてくれたことです。どんなに丹念に調べて正確に書いたとしても、事実そのものを書きとめることはできないのでしょう」

「そうかもしれない」

「でも、あなたはその場合、事実をまげて自分の理解できるものに変形しようとするんですね。井口克巳がなぜあんな殺し方をしたのかと考えていって、あなたの小説を読んだからだ、という物語を作ってしまうんです。よくわからない言い方ですが、私の中に井口克巳はいるのだ、とまで言いだす。あなたにとって真実とは、自分に理解できること、という意味らしい」

「小説家にとっての真実、ということだよ。もちろんそういうことさ」

「小説家にとっての真実を、あなたは現実に押しつけようとするんですよ。だからここへやって来たんでしょう」

　私は中澤氏の顔から目をそらさず、一気に言った。

「井口克巳が記憶喪失になって病院に入院していると知って、あなたはその井口克巳に会いたくなったんです。どうやってそれを可能にしたのかは、よくわかりません。この病院の医師に知りあいがいたのかもしれない。その医師に、私が調査して書いた事件の詳報を患者に読ませれば記憶が戻るかもしれない、と提案したのかもしれません。とにかくあなたは、実験治療をする治療師として私の前に現れました。そして、私を、あなたの創作した井口克巳にしようとしたわけです。記憶を回復させようとしたのではありません。あなたの作った記憶を植えつけようとしたんです。あなたの書いた小説を読んだからこそ、あんな殺人をしたという井口克巳を私に押しつけようとした。そうすればあなたの作品が見事に完結するからです」

中澤氏は何も言わなかった。相手が何も言わないので、私は言った。

「ところが、私は何も思い出しません。私の記憶はひとつもよみがえっていないんです。私は井口克巳であるらしい。しかしそれは、教えられた事実です。おそらく、その通りなのでしょう。でも、私の中に井口克巳の記憶はありません。その意味では、私は今でもまだ、誰でもないのです」

「本当だろうか」

と中澤氏が言った。

「え？」

「本当にきみは思い出していないのだろうか。その記憶喪失はとっくに治っているんじゃないだろうか」

「どうしてそんなことを思うんです」

「思い出せないことにしておけば、みじめで愚かな井口克巳に戻らなくてすむからだよ。殺人犯として刑を受けることからもまぬがれるんだ。だからきみは思い出せないことにしているんじゃないのかね。井口克巳になりたくないばかりに」

「私の記憶喪失は嘘だと言うんですか」

「初め記憶喪失だったことは本当なんだろう。でも、私の治療を受けるうちに、きみは記憶を取り戻していたんだ。途中からは、くっきりと井口克巳だったんだ。なのにきみは記憶が戻らないふりをし続け、いつまでも誰でもないことにしているんだ。どうだろう。そういうことじゃないのかね。本当は今のきみは、すべてを知っているんだ。なぜあんな異常な殺人をしたのかの理由も、世界中できみだけはちゃんとわかっているんじゃないかい」

私は、言葉を失ってしばらく沈黙してしまった。

しかし、十秒ほどたって、とうとうたまらず声をたてて、くっく、と笑ってしまった。

解説

茶木則雄

清水義範の膨大なパスティーシュ小説群からベストを選べと言われたら、大半の読者が頭を悩ませるに違いない。あるいはSF小説から、もしくは歴史小説からひとつ選ぶとしても、おそらく悩みは同じだろう。かく言う私自身、好きな作品が多過ぎて、にわかに絞りかねる状況だ。

しかしミステリーからベスト作品を選ぶとすれば、逡巡はまったくない。私なら躊躇なく、この一冊を挙げる。

一九九九年に発表された本書『迷宮』だ。

ガストン・ルルーの傑作『黄色い部屋の謎』をタイトルにもじった『茶色い部屋の謎』をはじめ、《やっとかめ探偵団》シリーズや《躁鬱探偵コンビ》シリーズなど、清水ミステリーの基調はどちらかと言えば、パロディやユーモアにあった。いわゆる〝清水ユーモア小説〟の一翼を担う推理小説系の作品――というのが、作者のミステリーに対する、ファンの大方の評価だろう。だが『迷宮』は、これまでの作品とは明らかに一線を画している。笑いの影は、どこを探しても微塵《みじん》もない。極めてシリアスな文芸作品であると同時に、実に巧緻《こうち》な、第一級の技巧派ミステリーに仕上がっているのだ。

本書で描かれるのは、ストーカー殺人という、「一見今日的な犯罪」である。

被害者は二十四歳の独身ＯＬ。カラオケ・コンパで知り合った男に、軽い気持ちで電話番号を教えたのが、悲劇の発端だった。無言電話や嫌がらせなど男のストーカー行為は徐々にエスカレートし、ついには、独り暮しの彼女を狙って自宅アパートに男が侵入。絞殺のうえ、用意したアーミー・ナイフで性器の部分を切り取るという猟奇殺人に発展する。しかも男は、切り取った性器をアイスクリームの一リットル入りカップに詰め、自室の冷蔵庫に保管していた。――と、これが、事件のおよその顚末《てんまつ》である。

作者は、のちにアイスクリーム殺人事件と呼ばれ、世間を震撼《しんかん》させたこの事件の真相を、八つの異なる文体を用い、様々な角度から読者の前に提示してみせる。

まず冒頭に示されるのは、事実関係のみに重点を置いた「犯罪記録」である。次に、犯人の家庭環境や事件の社会的背景に踏み込んだ「週刊誌報道」が紹介され、さらには、事件に興味を抱いた作家の「手記」、彼が関係者にインタビューしたものをまとめた「取材記録」、先輩作家に送った「手紙」と続く。そして最後は、犯人自身の「供述調書」が添えられ、作家の「小説中小説」および先輩作家の「覚書」で締めくくる、といった趣向だ。

こうした趣向自体は、他に前例がない訳ではない。ひとつの出来事を様々な文体で描いた実験小説の嚆矢《こうし》は、『地下鉄のザジ』で知られるフランスの前衛作家、レーモン・クノーの『文体練習』だろう。一九四七年に発表されたこの小説は、バスのなかで隣の乗客と口論していた若い男が、二時間後、広場で友達としゃべっていた、というだけの単純な出来事を、九十九通りの異なる文体で綴った究極の言語遊戯テクスト集として、つとに有名な存在だ。

また、一九九三年にはアメリカのミステリー作家ロナルド・マンソンが、手紙やファックス、電話やメールなど、ストーリー全体が通信文と会話文のみで構成されたサイコ・スリラー『ファン・メイル』を発表している。翌九四年にスティーヴン・キング絶賛の推薦文付きで翻訳が刊行され、日本でもその斬新性は話題を集めた。ご記憶の向きもあろうかと思う。

しかし、異なる文体を駆使したミステリーの前例として最も比較検討すべきは、折原一の『異人たちの館』（一九九三年）だろう。

ミステリーには大別すると二種類のトリックがあると言われている。犯人が探偵に仕掛ける物理的・時間的トリックと、作者が読者に仕掛ける叙述のトリックだ。折原一は後者の分野を意欲的に追究し続けている作家であり、年譜、インタビュー、小説中小説、モノローグを組み合わせながら進行する『異人たちの館』も、その例に漏れない。モザイク状に交錯する断章が複雑に絡み、読者を果てることのない謎の迷宮に導いていくこの小説のラストに待ち受けるのは、あっと驚くどんでん返しである。作者が読者に仕掛けた巧妙な罠の全体像が明らかになる最終章は圧巻で、まさに、これぞ国産叙述ミステリーの代表作、と呼ぶに相応《ふさわ》しい傑作だった。

その、『異人たちの館』をも凌ぐ文体技巧を凝らした傑作が、何を隠そう本書なのである。しかも本書、叙述型ミステリーとしても極めて斬新で、ミステリー史にも前例がないほど画期的作品——と言っても、決して過言ではない。

驚くべきは、終盤に至るまで謎の核心が、巧妙に隠されている点だろう。これがどういうタイプのミステリーなのか、最終章を読むまで判然としない仕掛けになっているのだ。本書で読者の前に提示される八つの文体は、記憶喪失患者と思《おぼ》しき「私」が、「治療師」との対面治療の過程で、読むように指示される文章、という体裁を採っている。それらの文章を読むことによって、失われた記憶を呼び覚ます一助にしようというのが、どうやら「治療師」の狙いらしい。

ミステリーを多少読みなれた読者なら、まずこの時点で、記憶喪失ミステリーを疑ってかかるに違いない。つまり謎の核心は「私」自身の存在にあり、記憶を失うに至った原因や本人の身元を、読者が推理していくタイプのミステリーであると。

実際、本書は記憶喪失ミステリーの一種では、ある。「私」とはいったい何者であり、「治療師」の正体とは誰なのか。これがある時点までリーダビリティのひとつの核をなす重要な要素になっているからだ。

ところが、読み進んでいくと、物語はそれとはまた別の謎を孕《はら》んでくる。アイスクリーム事件の犯人は果たして、「犯罪記録」や「週刊誌報道」に記載されている通りの人物なのか、という根源的疑問が、沸々と湧き上がってくるのだ。なおも読み進めると、今度は事件そのものが、それまでとは微妙に違う様相を呈してくる。一見今日的犯罪と思われたストーカー猟奇殺人の真相が、読者の前にぼんやりとではあるが、仄《ほの》見《み》えてくるのだ。さらには、章を追うにしたがって作家の存在が大きく膨らみ、物語は後半メタフィクション的展開を見せはじめる。

その間、冒頭の「犯罪記録」は誰によって書かれたのかという疑問や、これは本当に〝治療〟の一環なのかという疑念が頭をかすめたりして、読者は、レベルの異なるいくつもの階層を持つこの『迷宮』を、これまで培《つちか》ったミステリーの常識・常道という羅針盤なしで、ひたすら彷徨《さまよ》い歩く羽目になる。繰り返しになるがミステリーとしてこれは、画期的作品と言わざるを得ない。

それでいて読んでいる最中、作り物めいた作為を感じないのは、説得力を重視する作者の丁寧な目配りが、方々に行き届いているからに他ならない。たとえば、ストーカーの存在を意識していたにもかかわらず、被害者はなぜ、無用心に部屋のドアを開けてしまったのか。あるいは、恋人がいるのに彼女はなぜ、合コンなどに出掛けたのか。そもそもどうして、根暗でオタク的雰囲気を秘めた見ず知らずの若い男に気安く電話番号を教えてしまったのか。読者が当然抱くであろうこういう疑問を、作者は丹念な筆致でひとつひとつ塗り潰していく。作家が事件に興味を抱き、自らの手で調べることになる過程も、また然りだ。こうした些細なリアリティの積み重ねが、物語の展開に説得力をもたらし、ひいては読者の感情移入を容易にするのである。だからこそ、読み手はこの『迷宮』の流れに、いささかも淀むことなく身を任せられるのだ。

しかしそれにしても、清水義範の文体模倣における超絶技巧は、今さらながら見事の一語に尽きる。特徴の摑《つか》みやすい「週刊誌報道」や「供述調書」などと違い(とはいえ、これも実際に模倣するとなると大変な作業だが)、関係者のインタビューをまとめた「取材記録」は、パスティーシュとしてはさほど目立たないものの、その実、唸《うな》るほど見事な出来栄えを見せている。

インタビューや座談会のテープ起こしを読むと分かるが、ふだん何気なくしゃべっている会話は、主語を末尾に置く倒置法や「それ」や「あれ」といった指示代名詞が多用されていて、文章的にはかなり読みにくいものになっている。作者は、会話ならではのそうした特徴を生かしつつ、本人の口癖を意図的に交えてそれぞれの個性を際立たせ、さらには、テープ起こしそのものではなくそれをライターが一旦まとめた文章とすることで、リアルでなおかつ読みやすい出色のインタビュー原稿に仕上げているのだ。このあたりの匙加減《さじかげん》は何とも絶妙で、清水義範の文体模倣はもはや、神技の域に達した名人芸、と言わざるを得ない。

ここで忘れてならないのは、この「取材記録」とそれに続く「手紙」が、本書の小説としてのテーマを浮き彫りにする、重要な役割を担っている点だ。

犯罪報道における「事実」とは何か。人は、自分に理解できる「事実」を捏造《ねつぞう》し、勝手に理屈を付けたがっているだけではないか。人間の行動には、言葉では説明できない部分がある。人の心の奥底にある真相は、他人にはそう簡単に、わかるものではない。にもかかわらず、それを言葉にするのが作家の使命である。見事に使命を果たしたこの『迷宮』に清水義範の作家としての誇りと熱意を感じるのは、おそらく私ばかりではあるまい。清水義範はやはり、稀代《きだい》の才能である。

すでに読了された読者は、深い満足の溜息を吐かれたことと思う。しかし、実のところ本書は、二度読むとさらに深い満足が得られる仕掛けになっている。最初読んだときには分からなかった伏線や謎の多重性、巧緻なプロットの妙が、より鮮明に理解できるのだ。この熱烈な清水ファン、時間に余裕のあるミステリーファンは、是非お試しいただきたい。この作家の並外れた才能と企みの深さが、改めて実感できるはずである。

最後に、今この解説を立ち読みしながら買おうかどうか迷っている読者、および解説を先に読んでしまった読者に私からこう伝えておく。

本書は、清水ミステリー文句なしのベスト1であると同時に、ミステリー史に新たな一ページを付け加えた、記念碑的傑作である。

自信を持って太鼓判を押す。

どうか存分に、堪能していただきたい。

この作品は、一九九九年六月、集英社より単行本として刊行されました。

清水義範の本

騙し絵　日本国憲法

名古屋弁あり、落語風あり。パスティーシュの先達・巨匠・第一人者が、憲法を素材にあらゆる技法、全ての手段、全知全能を傾けた珍無類の小説。これ全編、傑作、快作、自信作。

偽史日本伝

美少年の判官は実は替え玉、「本物」の義経は、コンプレックスに悩む醜男（通称弁慶）であった。これなど序の口、大胆不敵な珍説・奇説で日本史を斬る、爆笑&オモタメの傑作歴史物語。

清水義範の本

開国ニッポン

徳川家光が鎖国をしなかったら、江戸時代はどうなった⁉ 大胆不敵な仮定のもとに繰り広げられる歴史小説。痛快、爆笑、目からウロコ、名作『金鯱の夢』の興奮再び！ 書き下ろし。

日本語の乱れ

ラ抜き言葉、意味不明な流行語、氾濫するカタカナ語など、間違った言葉遣いや気になる言い方から、比喩の危険性、宇宙を襲う名古屋弁などなど、日本語をテーマにした爆笑小説集。

清水義範の本

博士の異常な発明

ペットボトルを分解する「ポリクイ菌」。透明人間の鍵を握る素粒子「ミエートリノ」。ついにできた(!?)「不老長寿の妙薬」……愛すべき博士たちの大発明。爆笑炸裂必至の傑作。

イマジン

青年の翔悟は、突然、1980年の世界にタイム・スリップ、若い日の父に出会う。家出するほど父と険悪な関係だった翔悟だが、なぜかふたりでジョン・レノンを救う旅に出ることに。

集英社文庫

清水義範の本

夫婦で行くイタリア歴史の街々

パスタがアルデンテとは限らない、南部の街はトイレが少なく大行列……。シチリア、ナポリ、ボローニャ、フィレンツェ等、南北イタリアを夫婦で巡る。熟年ならではの旅の楽しみ方も満載。

夫婦で行くイスラムの国々

巨大なモスク、美味なる野菜料理など、トルコでイスラムにどっぷりはまった作者夫婦はイスラム世界をとことん見ようと決意。未知の世界でふたりが見たのは⁉　旅の裏技エッセイつき。

集英社文庫

清水義範の本

龍馬の船

江戸に出てきて、偶然見かけた「黒船」に一目ボレした龍馬。年来の「船オタク」の血が目を覚まし、「船」を手に入れるべくあらゆる人々を巻き込んで東奔西走。清水版新釈坂本龍馬伝。

信長の女

船で物資が集まる港町。海の道でつながる遠い異国が攻めてくるかもしれない……。新しいものに憧れる信長が、明の衣装をまとった美しい少女と出会い虜に……。清水版新釈織田信長伝。

集英社文庫

集英社文庫　目録（日本文学）

柴田錬三郎　江戸っ子侍(上)(下)
柴田錬三郎　宮本武蔵　決闘者1～3
柴田錬三郎　全一冊江戸群盗伝
柴田錬三郎　柴錬水滸伝 われら梁山泊の好漢(一・二・三)
柴田錬三郎　徳川太平記(上)(下)
柴田錬三郎　英雄三国志一 義軍立つ
柴田錬三郎　英雄三国志二 覇者の命運
柴田錬三郎　英雄三国志三 三国鼎立
柴田錬三郎　英雄三国志四 出師の表
柴田錬三郎　英雄三国志五 攻防五丈原
柴田錬三郎　英雄三国志六 夢の終焉
柴田錬三郎　われら九人の戦鬼(上)(下)
柴田錬三郎　新篇 眠狂四郎京洛勝負帖
柴田錬三郎　新編 武将小説集 かく戦い、かく死す
柴田錬三郎　新編 剣豪小説集 梅一枝
柴田錬三郎　徳川三国志

柴田錬三郎　新編 武将小説集 男たちの戦国
柴田錬三郎　柴錬の「大江戸」時代小説短編集 花は桜木
島崎藤村　初恋—島崎藤村詩集
島田明宏　「武豊」の瞬間
島田雅彦　自由死刑
島田雅彦　子どもを救え！
島田洋七　がばいばあちゃん 佐賀から広島へ めざせ甲子園
島村洋子　恋愛のすべて。
志水辰夫　あした蜉蝣《かげろう》の旅(上)(下)
志水辰夫　生きいそぎ
清水博子　街の座標
清水博子　処方箋
清水義範　騙し絵 日本国憲法
清水義範　偽史日本伝
清水義範　迷宮
清水義範　開国ニッポン

清水義範　日本語の乱れ
清水義範　博士の異常な発明
清水義範　新アラビアンナイト
清水義範　イマジン
清水義範　夫婦で行くイスラムの国々
清水義範　龍馬の船
清水義範　シミズ式 目からウロコの世界史物語
清水義範　信長の女
清水義範　夫婦で行くイタリア歴史の街々
下重暁子　鋼《はがね》の人《ひと》 最後の瞽女《ごぜ》・小林ハル
下重暁子　不良老年のすすめ
下重暁子　「ふたり暮らし」を楽しむ 不良老年のすすめ
下川香苗　はつこい
朱川湊人　水銀虫
庄司圭太　地獄沢 観相師南龍覚え書き
庄司圭太　孤剣 観相師南龍覚え書き

集英社文庫 目録（日本文学）

庄司圭太 謀殺の矢 花奉行幻之介始末
庄司圭太 闇の鴆毒《ちんどく》 花奉行幻之介始末
庄司圭太 逢魔《おうま》の刻《とき》 花奉行幻之介始末
庄司圭太 修羅の風 花奉行幻之介始末
庄司圭太 暗闇坂 花奉行幻之介始末
庄司圭太 獄門花暦《ごくもんはなごよみ》 花奉行幻之介始末
庄司圭太 火札 十次郎江戸陰働き
庄司圭太 紅毛 十次郎江戸陰働き
庄司圭太 死神記 十次郎江戸陰働き
庄司圭太 斬《ざん》奸《かん》ノ剣
庄司圭太 斬《ざん》奸《かん》ノ剣 其ノ二
庄司圭太 斬《ざん》奸《かん》ノ剣 終撃
小路幸也 東京バンドワゴン
小路幸也 シー・ラブズ・ユー 東京バンドワゴン
小路幸也 スタンド・バイ・ミー 東京バンドワゴン
小路幸也 マイ・ブルー・ヘブン 東京バンドワゴン

城島明彦 新版 ソニーを踏み台にした男たち
城島明彦 新版 ソニー燃ゆ
白石一郎 南海放浪記
城山三郎 臨3311に乗れ
辛永清 安閑園の食卓 私の台南物語
新宮正春 陰の絵図(上)(下)
新宮正春 島原軍記 海鳴りの城(上)(下)
辛酸なめ子 消費セラピー
真保裕一 ボーダーライン
真保裕一 誘拐の果実(上)(下)
真保裕一 エーゲ海の頂に立つ
水晶玉子 自分がわかる、他人がわかる 昆虫&花占い
周防正行 シコふんじゃった。
杉本苑子 春日局
関川夏央 昭和時代回想
関川夏央 石ころだって役に立つ

関川夏央 新装版 ソウルの練習問題
関川夏央 「世界」とはいやなものである 東アジア現代史の旅
関川夏央 現代短歌そのこころみ
関川夏央 女流 林芙美子と有吉佐和子
関川夏央 おじさんはなぜ時代小説が好きか
関口尚 プリズムの夏
関口尚 君に舞い降りる白
関口尚 空をつかむまで
瀬戸内寂聴 ひとりでも生きられる
瀬戸内寂聴 私小説
瀬戸内寂聴 女人源氏物語 全5巻
瀬戸内寂聴 あきらめない人生
瀬戸内寂聴 愛のまわりに
瀬戸内寂聴 寂聴 生きる知恵
瀬戸内寂聴 いま、愛と自由を
瀬戸内寂聴 一筋の道

集英社文庫

迷《めい》　宮《きゅう》

2002年5月25日　第1刷
2011年9月19日　第6刷

定価はカバーに表示してあります。

著　者　清水義範《しみずよしのり》

発行者　加藤　潤

発行所　株式会社　集英社
東京都千代田区一ツ橋2-5-10　〒101-8050
電話　03-3230-6095（編集）
03-3230-6393（販売）
03-3230-6080（読者係）

印　刷　大日本印刷株式会社

製　本　大日本印刷株式会社

フォーマットデザイン　アリヤマデザインストア　　マークデザイン　居山浩二

ISBN978-4-08-747446-6 C0193